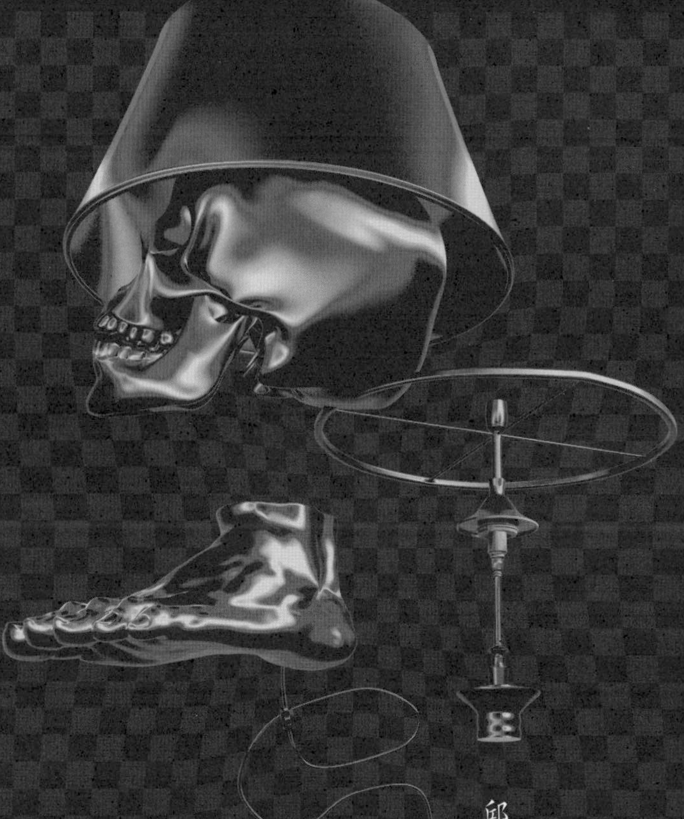

邱香凝 譯

生命式

村田沙耶香

目次

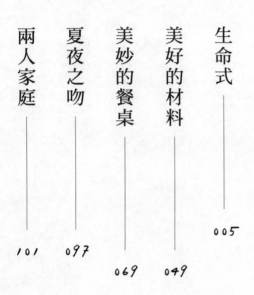

生命式

在會議室吃飯時，一個比我晚進公司的女生忽然停下筷子抬起頭。

「對了，以前總務的中尾先生好像過世了。」

「欸、真的嗎？」

聚在會議室吃飯的差不多有五個女生，和我都隸屬同一部門，這時大家一齊抬頭望向那位後輩。

「聽說是腦梗塞喔。」

我腦中浮現中尾先生那張好好先生的笑臉。他是位頭髮花白，很有氣質的男士，常把客戶送的點心拿來分給我們，待人親和又有禮貌。他退休離職才不過是幾年前的事。

「還那麼年輕竟然……」

「真的……什麼時候發生的事？」

「好像是前天過世的。今天早上公司這邊接到電話，說是今晚要辦，希望大家盡可能參加，還說這是往生者的心願。」

「這樣啊，那今天中午得吃少一點了。甜點就先別吃了吧。」

和我同屆進公司的另一個女生把還沒打開蓋子的布丁收回便利商店購物袋，大我一歲的前輩則邊吃馬鈴薯燉肉邊說：

「中尾先生不曉得好不好吃。」

「應該會有點硬？他那麼瘦，感覺又是肌肉體質。」

「我之前吃過一個體型跟中尾先生差不多的男人，還滿好吃的喔。雖然有點筋，但入口即化，口感很醇。」

「是喔，也對啦，都說男人熬出的湯頭比較美味。」

收起裝了布丁的袋子那個同屆女生轉向我：

「池谷也會去吧？生命式。」

「啊、嗯……我還在考慮。」

戳著附近便利商店買來的海苔便當，我不置可否地回應。

「咦，為什麼？啊、池谷姊該不會是不吃人肉的那種人吧？」

「不是啦不是啦，只是最近胃酸過多，而且剛好生理期。」

「生理期喔，那倒真的不勉強。」

比我晚進公司的女生理解地點頭。

「不過，生理期也能懷孕，還是去比較好吧，生命式。說不定有機會受精啊。」

我笑笑帶過，喝口寶特瓶裡的茶，把淋了太多醬汁的炸白肉魚沖下肚。

小時候人肉是不能吃的東西，應該沒記錯才對。

在這個對吃人肉習以為常的世界，我愈來愈不確定這件事了。不過，三十年前，我還在上幼稚園時確實是那樣。

就讀幼稚園時，在接送學童的娃娃車上，玩膩了文字接龍的幾個小朋友，開始玩舉出自己想吃什麼的遊戲。「雲！看起來軟綿綿的好像很好吃！」「水蜘蛛！因為好像甜甜的！」接著，其中一個孩子說了「大象」。

「因為很大，感覺可以吃很飽。」

這個愛吃的孩子這麼說了之後，「那我要吃長頸鹿」、「猴子」，接下來幾個人也都跟著舉出動物的名稱。

輪到我時，我不以為忤地說：「那，我想吃人。」

就我看來，自己只是配合說出想吃「猴子」的那個女生，開個小玩笑而已。

不料，我的答案卻引起娃娃車內一陣騷動。

「欸——」

「好恐怖……」

說「猴子」的那個女生平常跟我最好，連她都哭得一把鼻涕一把眼淚，抽抽搭搭著說：

「真保為什麼要說這麼可怕的話……」

像是什麼連鎖反應似的，娃娃車裡的大家一個接一個哭起來，事情一發不可收拾。

聽了緣由的老師臉色大變，狠狠地說：「真保，就算是開玩笑也不能說那種話喔，會遭天譴的！」我嚇得大氣不敢吭一聲。可是，我無論如何也不明白，為什麼吃猴子可以，吃人就不行。

平常溫柔親切的老師露出從沒看過的可怕表情，在她背後哭叫不休的同學們，還有司機先生彷彿在說「竟然有這種小孩」的嫌惡表情，這些至今依然歷歷在目。那之後，嚇壞的我不發一語，始終低著頭坐在娃娃車裡。

娃娃車裡的所有人用他們認為「對的事」糾正了我。徹底消沉的我身體因恐懼而緊繃，當時只要有任何一個人再大聲怒罵我，那恐懼大概就會衝破身體外洩。光是鐵青著臉屏住呼吸，就用盡我所有力氣。

然而，也就從那時起，人類開始逐漸轉變。

人口急速減少，一股「人類是否將就此滅亡」的焦慮支配了世界。這樣的焦慮，讓「增加人口」成為一件愈來愈正義的事。

我們花了三十年時間一點一滴改變。比方說，「做愛」這詞彙已經沒什麼人用了，現在，以懷孕為目的的交配行為「受精」成為主流。

還有，有人死掉的時候也不舉行葬禮，一般人都舉辦一種叫「生命式」的儀式。雖然也還有人維持從前的習俗守靈和舉行葬禮，但因為國家出錢補助的生命式在費用上便宜許多，幾乎所有人都改舉行生命式。

在生命式上，男男女女一邊吃死掉的人，一邊找尋「受精」的對象，配對成功的兩人就會當場離開會場，找地方去受精。從死亡中誕生的生命，秉持這個宗旨的生命式，正好滿足了人類在潛意識中對繁殖的執著。

我總覺得最近的人類習性愈來愈像蟑螂。蟑螂也會吃同類的屍體，我還聽說母蟑螂會在臨死之際大量產卵。話說回來，人類也從很久以前就有吃掉死者做為憑弔的民族，並非突然產生的習性就是了。

吸菸室內，山本一邊點起一根一毫克的American Spirit，一邊嗤笑：

「那種小時候的事，妳竟然記恨到現在喔？」

這裡號稱公司休息室，話雖如此，其實也只不過擺了自動販賣機和幾張椅子。角落有個吸菸區，用玻璃隔起來的吸菸區內，經常有來自不同部門的人一起抽菸。我和山本就是這樣說上話的。

山本是個微胖的男人，比我大三歲，今年三十九。他個性很好，不管跟他說什麼，雖然也會笑我，但是不會不當一回事，那種包容力令我感到自在，總是忍不住把不會告訴別人的話告訴他。

這時聽他那麼一說，我板起臉，咬著hi-lite薄荷菸說：

「才不是記恨咧，只是三十年前普遍的價值觀明明跟現在不同，覺得自己有點跟不上而已，好像被世界背叛了似的。」

山本眨了眨他那雙有著長睫毛的小圓眼。

「是啦，我也不是不懂妳的意思。這麼說來，我讀幼稚園那時候，人肉確實是不能吃的東西。」

「是不是？絕對是這樣的吧？可是現在大家卻講得好像吃人肉有多好，我就是跟不上這個觀念。」

「好啦好啦。對了，妳今晚打算怎麼辦？要去嗎？中尾先生的生命式。」

「山本你呢？」

山本說他自己「雖然不是反對吃人肉的那一派，但也不算是想吃人肉的一群」，有他一起去的話，我會比較安心。即使是在吃人肉蔚為主流的現代，社會上依然有強烈的反對派，也有認為吃人肉違反倫理的團體從事反對運動。不過，我和山本不吃人肉的原因倒是和倫理無關。山本的情況是小學六年級時，在祖父的生命式上吃到沒熟的肉，結果吃壞了肚子。至於我，我也並非認為吃人肉有什麼錯，畢竟小時候都開過想吃人肉的玩笑啦。我只是覺得有點憤慨，當初那樣審判我的倫理道德現在都拋到哪去了呢。

山本搔著後頸說：

「還是去一下吧，要是能順利受精就好囉。」

「是喔，那我也去好了。」

自己的菸抽完了，我從山本的American Spirit盒子裡拿了一根來抽。

「這好抽嗎？太淡的菸要多抽幾根才過癮，反而比較花錢，結果對身體也不好吧？」

「沒關係，我就是喜歡抽這麼淡的。」

山本一副很美味的樣子吐出煙圈。

公司抽菸的人不多，我經常和山本兩個獨占吸菸區。

不到兩坪的小空間，隔著玻璃往外看，心情就像變成金魚。

抽著跟山本要來的菸，我也吐出煙圈。我和山本一邊看著自己吐出的白煙，一邊聊些無聊話題，凝視玻璃外的鮮明世界。

晚上，我和山本一起前往參加中尾先生的生命式。因為生命式的目的是促進新生命的誕生，穿得愈暴露愈華麗愈好。但我穿的還是上班穿的灰色套裝，山本則穿紅格子襯衫搭白褲。

「去生命式，還是得穿浮誇一點才行。」

山本喜孜孜地說，但他偏黑的皮膚實在不適合那一身打扮。

中尾先生家在世田谷的高級住宅區，正逢晚餐時段，到處都飄出飯菜香。說不定烹煮中尾先生的味道也夾雜其中。

「到了。」

看著手機地圖的山本停下腳步。那是一棟有點歷史的獨棟建築，房子頗大，從裡面飄出味噌的味道。

「果然用了味噌湯頭啊，應該有摻一點白味噌吧。真不錯，好像會很好吃。」

山本開心地翕了翕鼻子，率先走進去。

玄關貼著寫有「中尾勝 生命式會場」的粉紅色模造紙。

「晚安！」

我們這麼寒暄著打開門，裡面走出一位穿圍裙，氣質高雅的白髮女士。

「啊，歡迎光臨。請進請進，差不多要開始了。」

這位女士應該就是中尾太太了。她帶領我們到客廳，那裡已經準備好火鍋。裝飾了許多當季花材的客廳中央，桌上放著兩個看起來用了很久的土鍋，中尾先生生前經常帶親手作的土鍋炊飯來公司給大家吃，我猜這就是他愛用的那兩個鍋子。中尾先生的個性就是這麼惜物。

人肉味道有點重，還帶點腥味，不適合簡單火烤再沾胡椒鹽等清淡的吃法，多半都會先燙過，再作成重口味的味噌火鍋。一般人連烹調都會交給業者處理，剛才看到幾名身穿工作服的男人低著頭離開，應該就是了。

盛裝打扮的男男女女圍坐鍋邊。有人正互送秋波，也有人和看對眼的對象交談起來。看來，今天的「生命式」已經展開了。

「那麼，接下來即將舉行中尾的生命式。各位，請盡情吃下生命，創造新生命吧。」

說著，中尾太太打開鍋蓋。鍋裡是和白菜及金針菇一起煮成火鍋的中尾先生。

「那就不客氣了。」

大家雙手合十寒暄後，就開始吃起中尾先生。把變成漂亮薄切肉片的中尾先生放進嘴裡，大家異口同聲稱讚。

「嗯，好吃。太太，中尾先生吃起來相當美味喔。」

一位白髮老爺爺一邊點頭，一邊吃肉。

「這真是個好風俗……吃下生命，孕育新生命……」

聽了老爺爺的話，中尾太太用手帕按壓眼角。

「是啊，外子一定也很欣慰。」

「這邊這些靠近內臟的肉很好吃喔，來，多吃點。年輕人就是要盡量吃，得順利受精才行。」

老爺爺作勢盛肉給我，我趕緊制止他。

「啊，我吃白菜就好。」

「那我吃金針菇。」山本說。

「咦？你們兩人都排斥吃人肉嗎？」

老爺爺露出不可置信的表情。

「倒也不是那樣啦，我是以前食物中毒過，後來每次吃人肉好像都會拉肚子，就變得只吃蔬菜了。」

「聽他那麼一說，我也不太敢吃了……不好意思。」

我如此道歉。因為要把一具人體加工到能煮火鍋是很費勁的事，就算請專門業者來幫忙，肯定也得從一大早開始忙上整天。中尾太太露出有點落寞的笑容，裝了白菜給我。

「不會啦，沒關係。不過，我想中尾一定很希望你們吃他，如果等會兒覺得想吃了，還請不要客氣喔。」

這時，原本坐在靠後方的座位，一邊吃肉一邊低聲交談，還不時互相摩擦膝蓋的粉紅洋裝女孩及白西裝外套男子手牽手站起來說：

「那個……我們要去受精了。」

「哎呀，這樣啊。太好了，恭喜你們。」

掌聲響起，那兩人朝中尾太太低下頭說「謝謝您的招待」、「謝謝您的招待，我們會努力孕育新生命的」。說完，便手牽著手走了出去。

「真希望中尾先生的生命能轉變為新生命呢。」

喝著用中尾先生熬出的濃厚湯頭，山本垂下了眼角。

「真的，今晚不知道能有多少人受精。要是可以的話，希望愈多愈好。」

中尾太太愛憐地望著鍋子。加了紅味噌與白味噌的湯頭呈現深咖啡色，看不清裡面的中尾先生。

結果，我和山本都沒找到受精對象，低頭致意後，離開了生命式會場。

「哇！」

走在巷子裡，山本腳下一滑，差點跌倒。

「沒事吧你，是不是喝多了？」

「不是啦，妳看腳邊啊。」

山本一臉憂鬱地檢視自己的鞋。我定睛一看，才發現有精液滴在路邊，他好像是踩了那個才差點滑倒。

聽說從前性愛是一件更低俗的事，人們平常都是躲起來做那件事的。我不曾透過生命式受精，印象中和戀人的受精過程也都在房間或別人看不到的地方進行。大概是從前的風俗習慣還化作潛意識，殘留在我的觀念中吧。

相較之下，生命式後的受精帶有神聖的形象，到處都能進行。我就在夜晚的街道旁目擊過好幾次，感覺真像在交配。總覺得人類愈來愈像動物了。

「這種地方竟然還有『中心』哪。」

山本呼著酒氣這麼說，他指的是兒童收容中心。

受精誕生的孩子，當然也有很多人以從前的家庭形式撫養長大，但是最近有不少父不詳的孩子，尤其如今生命式愈辦愈多，透過生命式受精懷孕的人也增加了。

生產增加人口，對人類來說是很重要的事，以這種方式誕下的孩子當然也歡迎他們來到這個世界。

為了讓更多女人生下小孩後還能繼續工作，社會上成立了這種寄養兒童的收容中心。有人直接在中心內的醫院生產，把孩子留下來，母親自己回家；也有人將孩子先帶回去，之後再帶來托育。我聽說懷孕後建立家庭自己養育子女的人，和只生不養，把孩子交給收容中心的人各占一半。

不少人對這種做法表示抗拒，認為會破壞傳統家庭制度。這套新的生育系統並不像生命式那麼為人所接受。不過，繼續這樣下去，不在傳統家庭制度下生養的小孩或許會愈來愈多，到時候人類將變成怎樣呢。各界學者皆發表相關研究數據，其中有持悲觀意見的，也有人樂觀以對。

我們人類說不定會朝危險的方向演化。然而，不走到那一步也不知道究竟結果會如何。

我也只能做出這種籠統的結論。

「中心養大的孩子愈來愈多的話，人類會變成怎樣呢？」

山本喃喃低語。那種事誰知道啊。我只知道，我們人類正在急速變化中。

「早安。」

大家一起鼓掌歡迎睽違半個月銷假上班的女同事。

休假是為了住進中心生小孩，她今年三十六歲，這是她第三次生小孩。

「妳把孩子留給中心了嗎？」

「嗯，在中心產下孩子後，直接就讓他們接手。真是累壞我了——」

「感謝妳。」

「辛苦了，感謝妳。」

願意生小孩的人，值得全人類向她道謝。女同事也一臉開心地收下大家送的花束。

在中心長大的孩子不屬於任何人，而是被視為寶貴的人類之子，珍惜地撫養長大。住在設備齊全的設施中，每五個孩子就會有一位諮商師負責照顧他們。

我雖然曾和戀人進行受精，但從未懷孕。每次看到和這位女同事一樣生過許多孩子的人，就會暗自鬆一口氣。身為人類的一份子，或許我也希望與自己相同的物種生命得以延續。

接過感謝的花束，女同事一邊坐回座位一邊說：

「我平常雖然常和戀人進行受精，但三次懷孕都是透過生命式。生命式真是不可思議，懷孕的機率很高。」

「哇，好神祕喔。」

一個比我晚進公司的女生聽得入迷。

「不過，我好像可以理解。人肉這種東西就是給人一種特別的感覺啊，總覺得好神聖又好美味。」

「我懂！想吃人肉的欲望是人類的本能！」

我忍不住想反駁，不久前你們認為的本能才不是這回事吧。這世界上根本沒有本能這種東西，也沒有所謂倫理。那只是這不斷改變的世界帶來的虛假錯覺。

「怎麼了？真保姊，妳表情好嚇人。」

我低聲說「沒什麼啦」，一口氣把茶喝乾。

「說什麼本能嘛，大家腦子都有問題。你不覺得嗎？」

我將啤酒一飲而盡。

儘管才星期一，我卻無法不喝個兩杯，硬是邀了在吸菸室碰到的山本來喝酒。畢竟能聊這種事的對象也只有他了。

並肩坐在公司旁居酒屋吧檯邊，我轉頭盯著山本，放下空酒杯。山本不置可否，只是「嗯、嗯」點頭。這種距離感也讓人感到自在。

「就說受精這檔事吧，聽我媽說，以前的人做的時候都要戴保險套，那是一種禮貌喔。現在的風氣卻是責備戴保險套的行為，說那不是為了創造生命，只是為了追求歡愉，是『跟交配沒兩樣』的行為。我實在無法認同。」

「好啦好啦，妳也別氣成這樣。」

山本一副悠哉樣，把炸雞放進口中。

「你認真點聽人說話好嗎。」

「我有在聽啦。可是啊，我覺得妳有點死腦筋，反而是妳把世界想得太絕對了吧。妳希望世界按照自己想法運轉的欲望太強烈了。」

「什麼意思？」

山本放下筷子，拿濕巾擦手，用罕見的認真表情開口：

「講正經的，大家口中所謂的世界，什麼常識啦、本能啦、倫理啦，乍看之下好像堅若磐石，其實都是會逐漸變動的東西吧。也不是妳說的那樣，好像最近才忽然改變，而是從以前持續轉變成現在這樣的啊。」

「既然如此，大家又何必擺出一副一億年前就是這樣的態度來審判別人呢。既然是不斷變動的東西，那不就是不確定的東西嗎。明明是不確定的東西，大家卻像信仰宗教一樣深信不疑，這未免太奇怪了吧。」

「好了好了，這世界不過就是個色彩鮮明的海市蜃樓，一時的虛幻罷了。沒什麼不好啊，妳就好好享受眼前這只有現在才看得到的幻影吧。」

山本聳聳肩，再次拿起筷子，把泡菜豬肉和西班牙香腸夾進自己的小碗中。

看山本老是只吃肉，我忍不住說：

「也吃點青菜啊，不然對身體不好。」

「不、人家不是都說雜食動物吃起來不美味嗎？我小時候吃爺爺的人肉覺得好吃，是因為我爺爺是蔬食主義者。所以，我為了讓自己以後變得好吃，也立志當個肉食主義者。」

「講什麼蠢話。」

「好啦好啦，妳也多吃點好吃的東西，活得開心點，死了之後才能讓別人吃到美味的肉，產生創造新生命的精力啊。不覺得這樣的人生挺不錯嗎。啊、謝謝。」

接過店員端上來的熱清酒，山本自己倒給自己喝。

我煩躁起來，想抽根菸，山本輕輕一笑，凝視滿居酒屋的喧囂說：

「我啊，覺得現在這個世界沒什麼不好喔。妳還記得的那個三十年前的世界一定也沒什麼不好。世界就像一片連續的漸層色彩，現在這個世界也有屬於這一瞬間的色彩啊。」

「……」

「我啊，很喜歡迪士尼樂園。」

我誇大地皺起眉頭。

「欸——我很討厭那裡。」

「我想也是。」

山本笑了。一笑起來，他那雙小圓眼就只剩下黑眼珠，長長的睫毛搧啊搧的。

「在那裡，大家都不會跟布偶裝裡的人說話吧？這表示大家在那裡都撒著小小的謊，所以那裡才會成為夢之國度啊。不覺得世界也是這樣嗎？正因大家都撒著一點小謊，這座海市蜃樓才得以成立，也才如此美麗。因為這是轉瞬即逝的妖術。」

「那真實的世界呢？真實的世界又到哪去了？」

「我的意思就是，這座海市蜃樓就是真實的世界啊。我們每個人各帶來一片謊言，拼成了只有眼前能看見的事實。」

「聽不懂，我也不想懂。」

山本又笑了，小酒杯裡的酒灑出來。

「哈哈，池谷妳好像活得很辛苦耶。盡情享受沒關係啦，這可是轉瞬即逝的謊言世界喔。」

我吐出煙圈，內心反駁「是這樣嗎」。世界不是從最近忽然改變，真的是從三十年前或更早以前就一直不斷轉變的嗎？

山本說的道理我懂，但是在我內心深處，或許仍渴望一個堅若磐石的真實世界。這令我感到自己非常幼稚，聳聳肩膀抖掉寒氣，喝下兌了熱水的燒酌。

山本調侃地拍拍我的背。

「別想太多啦！去遊樂園玩時也不會滿腦子想雲霄飛車的構造或旋轉木馬的動力是什麼吧？要活得更開心點啊。」

山本拍我脊椎的節奏與手的觸感很舒服，與流入喉頭的濃烈酒精一起溫暖了我的身體。

有時我覺得山本很像絨毛小熊玩偶。聽我這麼一說，山本就擺出悲哀的表情說：

「對對對，所以我才沒有女人緣啦——」

我忍不住爆笑。

寒氣在不知不覺中消散，山本溫暖的大手從我背上離開，捻起一支菸。他坐在我右邊，白煙從右側飄來，使我視野模糊。白霧的另一端，山本搧著長睫毛微笑。

接到山本死去的聯絡，是那個週末的事。

消息傳來時，我正在房間裡洗衣服。那天是個睽違已久的晴天，又是假日，我正要把枕套和抱枕套放進洗衣機，電話鈴響了。

他星期五晚上和大學時代的朋友喝酒聚餐後，回家路上被車撞了。雖沒太大外傷，但頭部撞擊得很嚴重。

「所以，今天晚上要舉辦山本先生的生命式，池谷姊會去吧？你們交情那麼好。」

比我晚進公司的女生吸了吸鼻子。

我想不起自己是如何回答，又是如何掛上電話的。回過神時，人還緊握手機端坐在地。一心只想打電話給山本問：「他們說你死了，真的嗎？」

不知道茫然呆坐了多久，聽到洗衣機發出顯示清洗完畢的電子音，我才一個反射動作站起來，機械化地默默晾乾枕套和抱枕套，明知現在不是做這種事的時候，但也不知該如何是好。

我父母均健在，祖父母又都在我出生前過世，到了這把年紀，這還是第一次體驗到身邊有人離世。手即使動著，濡濕的抱枕套摸起來卻像隔了一層什麼。從陽台回到房裡的腳步蹣跚，被紗門框絆了一下。

就在這時，手機鈴聲再次響起。

「……喂。」

「請問，這是池谷真保小姐的手機嗎？」

「是的，您是……」

「我是山本慶介的母親。」

我驚訝得忘了呼吸，對方繼續說：

「不好意思忽然致電，是這樣的……小犬手機的來電紀錄裡有很多您的名字……」

「那個……我在公司受令郎許多照顧……這次的事……還請您節哀順變……」

我吞吞吐吐地回應，電話那頭傳來對方鬆一口氣的聲音。

「啊、真是抱歉，原來您是他公司同事啊。原本還以為是和小犬有私人交情的對象……」

看來，她好像誤會我是山本的戀人或交往對象什麼的。這麼說來，山本曾抱怨過他母親雖然不反對生命式，但堅決反對傳統家庭制度崩壞，認為小孩子不該在中心長大，要生小孩就該建立家庭才對。山本也曾說他為了不讓母親擔心，向她謊稱自己有交往中的女朋友，因為有固定交往對象所以不會在生命式上受精，他好像是這麼說的。事實上根本沒有這樣的對象，也難怪他母親在手機來電紀錄中看到最多的女性名字會是我了。

「是這樣的，我和山本先生雖然隸屬不同部門，但他是我很好的酒友，今天的生命式，我也會去參加。」

「謝謝您，小犬想必也會很欣慰。」

「對了，請問今天儀式幾點開始？」

剛才打電話來通知的同事明明有說，我現在腦中卻一片空白，這才再次體認自己受到多大的震撼。沒拿手機的另一隻手不得不緊緊捏住裙子。

「這個嘛……預定是晚上六點開始，但可能會延遲一點……」

「啊、這樣是嗎……好的。」

「因為做準備的只有我和女兒兩個人，進度一直快不起來，所以可能會延遲。」

「只有兩位在做準備嗎？」

我很驚訝，生命式的準備是一大工程，除非有特別苦衷，一般都是請業者處理。光靠她們兩人不太可能辦到。

「那個，如果您不介意的話，我也去幫忙吧？」

「咦？」

「怎麼說我也是山本的朋友……請讓我幫這個忙。」

我堅定了語氣，不容山本的母親推辭，獲得她的同意後，便急忙換裝準備出門。

穿上棉質圓領衫和舊牛仔褲等不怕弄髒的衣物後，我立刻動身前往山本家。

人肉最注重保鮮，除了少數特殊意外狀況，死後都會立刻送往業者處解體。山本是前天晚上遇上的車禍，現在應該已經處理為可食用狀態，送回山本家了。

山本家位於東京都內某棟公寓大樓，自動上鎖的大門打開後，山本的母親急忙出來迎接。

「事情變成這樣真是不好意思。」

「別這麼說，沒問題的，只是不知道我能幫上什麼忙……」

環顧室內，裝了山本的保麗龍盒似乎剛送到不久。

「我們家親戚少，能到場的只有我們……說起來應該拜託烹調業者的，但有一點困難，只好親自動手……」

「您說的困難是指什麼呢？」

我這麼一問，山本的母親就面帶難色地笑了。

「那孩子留下指定得很詳細的食譜。妳也知道，拜託烹調業者的話，不管怎樣都會被煮成味噌火鍋。那孩子好像不想這樣，說是希望捏成肉丸，再用肉丸煮雪見鍋[1]。」

「雪見鍋啊……」

我也感到為難了。人肉帶點腥味，一般來說都會煮成重口味的料理，真的能拿來煮成這麼清淡的火鍋嗎？我的不安大概寫在臉上了吧，山本的母親點點頭：

「我知道很難……但妳應該也知道，那孩子是個美食主義者，就連輪到自己被吃的時候也很講究。不光是一道火鍋，他還指定要另外作成腰果炒肉和焢肉……」

「什麼？不只火鍋嗎？」

「是啊。我是希望盡可能按照他的遺願，但是實在傷腦筋……」

「可以讓我看看食譜嗎？」

我看了山本母親遞上的檔案夾。山本是個美食主義者，自己也很會作菜，這些食譜頗有

1. 加入大量蘿蔔泥且不用多餘調味料的清淡火鍋料理。因蘿蔔泥雪白的外觀而有雪見鍋之稱。

他的風格。活頁紙上的食譜按照不同食材分門別類，在豬肉、雞肉、鮭魚、高麗菜、白蘿蔔等項目後，最後一項分類寫的是「我的肉」。

翻開這一頁，上面確實如山本母親說的，寫著「用我的肉炒堅果」或「用我的肉丸子煮雪見鍋」等菜色與詳細食譜。

「看來他只是一時興起寫下的，倒不是特地留下遺書要求，其實也不一定非這麼料理不可。但是既然他都留下這種東西了，我還是希望盡量尊重他的遺願……」

「是啊……」

這麼說來，山本平常確實常說想盡可能把自己的生命式辦得開心有趣。食譜角落也用小字寫著「房間裡的擺設要像聖誕節一樣繽紛」、「要讓大家吃得津津有味」、「辦一場熱鬧的生命式，讓愈多人受精愈好！」

山本個性上有些像小女生的地方。心頭一陣激動，眼看食譜上的文字逐漸模糊，我趕緊闔上檔案夾，捲起袖子。

「總之，我們趕快動手吧。手臂肉在哪裡呢？」

「在這邊。」

我正要往廚房去，門口傳來聲音，進來的是山本的妹妹。

「我回來了——買到囉，水菜和白蘿蔔……啊、您好！」

山本的妹妹看到我似乎有點驚訝，我低下頭說：「那個，請讓我幫忙。」

「這位是慶介公司的同事。」

聽了山本的母親簡單說明，妹妹皺起眉頭。

「妳看吧，我就說哥哥才沒有女朋友，他就是愛面子……真是不好意思，事情竟然變成這樣。」

「不會啦，沒關係。山本先生真的很照顧我。」

總不能說我們是抽菸好夥伴吧。我從山本妹妹手中接過超市購物袋，裡面裝有水菜、腰果等許多山本食譜裡提到的食材。

「那就不好意思了，還請妳多多幫忙。總之，我們先從花時間的料理著手吧，不然會來不及。」

妹妹一邊看時鐘一邊匆匆綁起頭髮，我也點點頭：

「那我先開始捏肉丸。」

我走向走廊，看著堆在那裡的保麗龍箱。約莫堆了七、八個箱子，裡面應該放了乾冰，摸起來觸手冰涼。

放血剝皮、取出內臟，清潔污物與肛門周圍等困難的步驟，業者已經處理完畢，箱子裡的應該是帶骨狀態的山本肉。如果要用來煮火鍋，還會進一步切成超市賣的那種薄肉片，一般也幾乎是這麼做，所以我還是第一次像這樣看到各種形狀的人肉。

山本身材微胖，我原本有點擔心過胖體質會讓肉太肥，一看倒也還好。看著那鮮紅中混白色油花的肉，我心想，山本真美。

找出上面貼著用麥克筆寫上「手臂肉」標籤的箱子，搬起來走進廚房。拿出已剝皮放血的山本手臂，把肉從骨頭上切下來。山本妹妹忙著將另一個箱子搬進廚房，取出裡面的山本大腿。

「那我負責焢肉烹調前的準備，媽，妳先燒水等一下好燙肉。」

妹妹發出俐落的指示，我們很快按照山本的食譜開始烹調他。

即使業者已處理了不少，還是看得出幾許山本的外觀。我一邊回想平日喝酒舉杯時，山本那雙體毛濃密，強而有力的手臂，一邊將肉從骨頭上削落。

當我陷入沮喪，這雙手總會拍拍我的背，當我喝醉酒，這雙手也會把腳步踉蹌的我從馬路邊拉回來。在吸菸室內，我故意把菸灰撢在他這雙手臂上時，他也會嚷嚷「很燙耶」，頂著不中用的表情，漲紅了臉吹涼手臂。

對了，星期一那天，他也用了這雙手拍拍我的背激勵我。那雙溫柔的大手，現在成了砧板上的帶骨肉。

「我還是第一次料理人肉，原來這麼大塊。偶爾在生命式上看到的生人肉都是切成薄肉片的狀態。」

「哎呀，這樣啊？是啊，人類和雞鴨不同，體積畢竟比較大嘛。人肉的腥味可以用牛奶去除喔，煮之前或許先浸泡在牛奶裡比較好。」

山本的手臂就像一副巨大的雞翅，費了好一番工夫才把肉都削下來。剩下的骨頭放回保麗龍箱，削下的肉則放入食物處理機打成絞肉。光靠我這麼做還來不及，山本的媽媽也在一旁同時用菜刀將山本剁成絞肉。

我把山本放進調理碗公，加入太白粉、洋蔥和料理酒，與山本媽媽一起捏成肉丸。我們製作了大量的肉丸，一旁的山本妹妹則把好幾條白蘿蔔磨成泥。

裝滿兩個大鍋子的水已燒開，加入生薑泥、淡味醬汁和料理酒等調味料，完成湯頭的調味後，才把肉丸丟進去。

加入金針菇、蘿蔔泥和水菜，再放長蔥和白菜。

蘿蔔泥看起來不太夠，於是又多磨了一些。這時，旁邊的平底鍋飄出香氣。原來是妹妹開始炒腰果炒肉了。

「妳真會作菜。」

聽我這麼一說，她就害羞回應：「只是興趣啦，我有去烹飪教室上課，沒想到竟然在這種時候派上用場。」

肉丸火鍋告一段落，接下來換滷焢肉。說是滷焢肉，其實是鹽煮不是醬滷，又是一份壓不住肉味的食譜。我把山本妹妹預先浸泡在牛奶裡的肉塊取出來，那應該是山本的大腿肉，不過比想像中的更大塊。我改變主意想，或許他真的過胖了。

將肉切成骰子狀，放入大鍋中。加入蔥、蒜泥和生薑一起燙熟。拜牛奶之賜，如此燙過的肉不太有腥味，只是不太容易燉熟，燉了半天竹籤都還無法穿透。

「好像得燉很久。」

「一邊等肉燉熟，一邊布置房間吧。」

我們在燉湯表面加蓋鋁箔紙，放著繼續燉煮，轉移陣地開始收拾山本的房間。除了山本原本用的書桌外，他媽媽還搬來一張折疊桌，將兩張桌子並排。山本一個人住的這間屋子雖然相當寬敞，一口氣擺了三張桌子後，座位難免還是擁擠。

「這也沒辦法，只能請大家擠一下了。」

「來參加的人應該會進進出出，這樣差不多啦，沒問題的。」

山本妹妹按照食譜旁潦草的小字指示，在屋子裡布置起花朵與蕾絲。這段時間，廚房裡的焢肉也愈燉愈軟嫩了。

為燉軟的肉加入醬料，再放入料理酒、鹽和黑胡椒，轉小火慢熬。總算趕得及在開始前將焢肉燉好裝入大盤子，旁邊附上水芥菜與柚子胡椒及花椒等佐料。就在這時，門鈴響起。

「來了——」

山本妹妹拿起對講機回應，打開自動上鎖大門。生命式即將開始，我們趕緊在熱騰騰的火鍋上，加入最後點綴用的柚子皮。

生命式準時開始，山本的公寓裡擠滿了人。

「真抱歉，早知道應該去租個更大的場地。」

山本的母親道著歉，同時將紅酒端上桌。

「池谷小姐，火鍋應該可以了。」

我對還在與平底鍋奮戰的山本妹妹點頭，將山本的雪見鍋端到客廳。

「喔、是雪見鍋！」

「好厲害喔！」

大家發出歡呼，紛紛朝鍋中探頭窺看。

「這裡有橘醋醬和柚子沾醬，請盡量用。蘿蔔泥也放在這邊了，吃的時候如果想追加蘿蔔泥請自取。」

「池谷小姐，妳來幫忙啊？」

會場裡也有公司的人，來到我身邊這麼問。

「嗯，正好有空就順便，多吃點喔。」

「哇，謝謝！」

這時，隨著「久等了」的招呼聲，山本妹妹端上腰果炒肉和焢肉。

「哇，原來不只火鍋啊！」

「太厲害了，準備這些很辛苦吧？」

看到大家笑容滿面，我也不禁感到欣慰。山本一定希望看到大家這樣的笑容吧，他就是這種人。將自己的生命式打造成如此溫暖的空間是他的心願，從這點也能看出他的為人。

正如山本所願，大家笑逐顏開。全世界大概也只有山本會被作成這麼多種類又這麼豪華的大餐了。

所有料理在掌聲中擺上餐桌，山本妹妹說：「來、開動吧。」

「那我們就不客氣了。」

「山本兄，那我要享用囉。」

眾人雙手合十，生命式就此展開。

「妳也吃點啊，池谷小姐。」

被這麼一說，我便在最旁邊的位子坐下，往自己盤中裝了許多山本肉丸。

「咦？池谷小姐不是排斥吃人肉嗎？」

比我晚進公司的女生對我投以疑惑的眼神。「不是的，其實我很喜歡吃，只是體質吃肉容易胃酸過多而已」，我這麼說著，伸手拿起筷子：「不過，今天是清爽的雪見鍋，我可以吃很多。」

將吸收了滿滿湯頭的肉丸放入口中。

一口吃下整顆熱騰騰的肉丸，輕輕咀嚼。

飽含的肉汁瞬間湧入口中。伴隨淋在肉丸上的柚子汁帶來的適度酸味，再配上蘿蔔泥的口感，那比牛肉或豬肉味道更濃，但又沒有山豬肉那麼腥，散發濃醇肉味的肉丸在嘴裡擴散。

「好燙、好燙。」

我張嘴呼出熱氣，品嚐肉丸的鮮美。或許因為事前準備做的足，肉完全沒有腥味，又拜作成肉丸之賜，也吃不到惱人的硬筋。

肉的鮮甜與湯頭滋味相輔相成，彷彿融解於舌尖。肉丸沾上些許辛辣的蘿蔔泥，又形成難以言喻的點綴，襯托出肉的鮮美。

我再將筷子伸向用山本作成的鹽燒烴肉。鮮味濃縮在肉塊中，重口味的人肉和柚子胡椒搭配得恰到好處。提味佐料發揮了提升質感的效果，中和了人肉原本帶有的一點野味，教人想來碗白飯。肉塊固然有點筋，但具有嚼勁的肉和軟嫩的脂肪愈嚼味道愈繁複。塗在上面的芥末引出肉本身的鮮甜，肉汁與肉塊在口中融合為一。

「原本以為人肉適合搭配紅酒，看來白酒應該也很搭。」

「也有白酒喔，請喝請喝。」

山本的母親欣喜地替大家斟酒。

這天的生命式真的盛大又熱鬧，參加儀式的大批人們輪流上門，其中有不少人途中說著「我們要去受精了」、「山本先生，謝謝招待」，便站起來手牽手離開。

鍋子空了好幾次，每次吃完就再進廚房盛一鍋新的肉丸與蔬菜。

喜愛山本的人們吃掉山本，山本的生命化為能量，即將創造出新生命。

我第一次覺得「生命式」是美好的儀式，忘我地品嚐著山本，還要忙著去廚房端出新的山本，忙得不可開交。

如夢一般的時光終於結束，肉丸全部吃光了，生命式宣告落幕。

留下來收拾時，山本的妹妹拿著兩個保鮮盒走到我身邊。

「池谷小姐，今天真的很謝謝妳。這個，不嫌棄的話……」

一看，裡面裝的是腰果炒山本及飯糰。

「欸，真的可以收下嗎？」

「剛才我趁大家吃光前先裝了一點起來。因為沒有其他可以包的料，飯糰裡包的是煙肉……池谷小姐您今天忙裡忙外，一定沒有吃飽吧。不嫌棄的話，這可以當宵夜。我們也只能這樣聊表心意了。」

「哇，太好了，謝謝妳。」

我收下裝了料理的保鮮盒。雖然菜都涼了，還是散發十分美味的香氣。

離開山本家，我忽然冒出一個主意，不如就這樣去野餐吧。反正有飯糰也有配菜。最重要的是，現在直接回家我也睡不著。

山本家周圍隨地可見精液留下的痕跡。或許剛才有人在這受精。總覺得山本的生命像蒲公英的絨毛，飛向了這個世界。

搭上最後一班電車，抵達目的地——鎌倉海邊。

山本也愛海。我們員工旅行去過三崎港，在那裡的海邊，他曾不顧大家勸阻，捲起牛仔褲管就跑進海裡，衣服都濺濕了。

大海很好，因為是遠古之前人類住過的地方，體內的ＤＮＡ總令人對大海充滿懷念。那時山本這麼說。

山本熱愛的這個世界。在巨大地球歷經的時光洪流中，我們人類的生命不過是一眨眼的瞬間。我們人類在這漫長的一瞬之中不斷進化，持續改變。那就像是轉動的萬花筒裡瞬間的一幕光景，而自己正身處其中。

我慢慢打開保鮮盒。

裡面整齊擺放了三個包有山本焢肉的飯糰。另一個保鮮盒裡則是和甜椒等多種蔬菜一起炒的腰果炒山本肉。

「請問，妳在這裡做什麼？」

忽然有人向我搭話，我驚嚇轉頭。
眼前是個手持手電筒的陌生男人。
「啊、抱歉。」
「不會……我住在這附近，看到妳搖搖晃晃朝海邊走來，所以有點擔心。」
大概以為我想自殺吧。我拿起便當給對方看。
「我是來夜間野餐的，不好意思嚇到您了。」
「不、沒關係啦……但是為何這時間來野餐？」
「這是我一個叫山本的朋友，他的生命式剛結束，我拿了吃剩下的。」
「這樣啊……」
「不介意的話，您要不要一起來吃？」
不知怎地，我很想找人講話。聽我如此邀約，男人歪了歪頭，露出為難的表情。
「其實我很樂意作陪，但是生命式就有點那個……我是個同志。」
我遞上飯糰。
「不要緊，我不是為了那種目的邀您一起野餐的。這個啊，是照我朋友他自己寫的食譜作成的呢。」

男人好奇地湊上來看保鮮盒裡的食物，然後在我身邊坐下來。

「很少見耶，我只吃過人肉火鍋……」

「一般都是那樣的，不過，這道腰果炒肉真的很美味喔。」

「那我就不客氣了。」

我們一起凝望夜裡的大海，吃起盒中料理。

「真開心，其實我還沒吃晚飯，正在肚子餓呢。」

「那太好了，請多吃點。」

山本的碎片正遍布世界，在某個人身體裡變成能量。這件事讓我沒來由感到高興。

「難得都吃了，要是能受精多好。如果不是天色已晚，妳一定能在這附近遇到出色的男人。」

「沒關係的，我不打算勉強受精。」

我先是微笑，又忍不住噗嗤出聲。

「這麼聽起來，我們好像花粉喔。一個生命結束後，又會飛向遠方受精。」

「真的耶，確實如妳所說。這麼一想，這件事還真充滿奧祕。」

「不過，如果我是雌蕊，飛出去好像也不太對勁。」

「別計較這麼多啦，就算雌蕊飛出去也無妨啊。」

男人用免洗筷夾起腰果，送入口中。

「很好吃耶，山本先生炒腰果。」

他瞇起眼睛這麼說。

「是不是，山本跟腰果很搭。他還在生時，我都沒發現這件事。」

聽著海的聲音，我不經意地問：

「請問……」

「是。」

「您還記得差不多三十年前的事嗎？」

「咦？」

我一邊啃飯糰，一邊感覺自己彷彿浮游在波浪之間，如此輕聲低喃。身上可能還殘留著晚上喝的紅酒醉意吧。

「那時還沒有吃人肉的風俗習慣吧，您還記得當時的事嗎？」

「啊……那時我應該還沒出生。我剛滿二十四歲，小時候吃人肉已經是滿普遍的事了喔。」

「這樣啊……」

看他歪著頭像在問「那有什麼問題嗎」，我乾脆不顧一切提問：

「如果當時的人看到現在我們吃山本炒腰果的樣子，會不會認為我們瘋了？」

稍微想了想，男人點點頭。

「會，我想應該會。」

「不覺得這件事很奇怪嗎？世界一直不斷改變，變了這麼多，已經不知道到底什麼才正確了。在這樣的狀況下，我們卻因相信這世界而吃著山本。你不覺得這樣的自己很奇怪嗎？」

男性搖搖頭。

「不覺得耶。因為正常也是發瘋的一種吧？這世界上唯一被允許的發瘋就叫做正常。我是這麼認為的。」

「……」

「所以，我覺得這樣就好啦。在眼前這個世界裡，津津有味享用山本先生的我們是正常的。就算這件事在一百年後的世界被視為瘋狂也無所謂。」

耳邊傳來海潮聲。山本曾說過很懷念的海潮聲。

吃完飯糰，男人站起來。

「謝謝妳的招待，那我差不多該走了。」

「好的。」

「不用我帶妳到熱鬧的地方沒關係嗎？」

「沒關係，我想散步一下，再找個地方過夜。」

「這樣啊。」

和男人道別後，我走在海邊。

海邊也有男女正在受精。在這行為還被稱為性交的時代，這件事做起來是什麼情形呢？像現在的受精一樣，也被當時的人視為神聖的舉動嗎，還是被視為骯髒污穢的事呢？說不定真的是後者，因為必須躲起來做啊。

恍惚地想著這些事時，有人拍了拍我的肩膀。

嚇了一跳回過頭，是剛才那個男人。

「抱歉嚇到妳了，呃……不介意的話，這給妳。」

「這是什麼？」

男人遞出一個小瓶子。

「我裝進去了，不嫌棄的話……」

仔細一看，裡面好像裝著白色的液體。

「剛才去廁所採取的。雖然精子接觸到空氣就會死掉，這麼做可能沒太大意義，但這麼一來，我也算是參與了山本先生的生命式。」

「謝謝你。」

我珍惜地收下那溫熱的小瓶子。

「太感激了，精子一定還活著的。聽說就算接觸到空氣，外側的精液也會保護裡面的精子，狀態維持得好的話，可以活上三天。我會好好珍惜使用。」

大概費了點勁勉強打出來的吧，男人臉上滲著汗水。聽我這麼一說，他露出笑容：

「別客氣，山本先生實在太美味了。我很少參加生命式，但是吃了那個之後，湧現一股也想參加的心情。」

「聽你這麼說我很高興，山本一定也很高興。」

我凝視手中的瓶子。

「這個瓶子原本裝的是星砂，因為我放在包包裡隨身攜帶的只有這個了。」

「真的可以收下嗎，好美……」

我喃喃低語。滿載生命的白色液體，在我眼中就如星砂一樣美麗。

「妳看，好驚人啊。」

男人忽然驚訝地低聲這麼說。

「怎麼了嗎？」

「好厲害喔，是跟著妳來的嗎？」

回頭一看，不知從何時起，海邊多了許多人影。

定睛細看，那些人全都在進行受精。

「只要附近有人舉行生命式，海邊就會充滿受精的人。可是今天沒聽說有那種儀式啊。」

男人有些困惑，難為情地說：「這樣我剛才拿來的瓶子根本就不需要了嘛。」

「別這麼說，我會好好使用的。絕對會珍惜著用來受精。」

聽了我的話，男人羞赧微笑，說聲「那就這樣吧」便離開了。

留在原地的我捲起牛仔褲管，帶著瓶子走進海中。

海邊看得見許多正在受精的人影，他們那從夜色中浮現的白皙手腳蠕動，宛如隨海水晃盪。

這一幕就像古代生命從海中登陸的情景。明明沒有親眼看過，那一天卻如此令人懷念，像是某段寶貴的回憶。我眼睛連眨都不眨一下，注視著那些白皙的身影與黑色的波浪，似乎有點理解山本說大海令人懷念的心情了。

穿過正在受精的人群，我一邊踢著海水，一邊往更深處走去。

月光下，受精的人們交纏的身體看似植物。我就在這片泡在海水中的白木森林裡前進。

走到海水及膝的地方，我脫掉牛仔褲，從瓶子裡掬取白色液體，緩緩塞進體內。

精液從指尖滑落。

山本的生命，從那間屋子裡的火鍋中朝海邊、朝世界散播。

或許將出現某種奇蹟，我會就此受孕也說不定。就算不會，這個精液交流的世界也有種說不出的美。

在海潮聲的包圍下，精液從我雙腿間流淌。滿載生命的水輕撫我的大腿。

在這顆度過了漫長時光的星球上，現在存在的僅是這世界的某一瞬間。在這正確得不能更正確的正常中，我的身體吸取了精液。

有生以來，我第一次融入正常的世界。沾染了不停變化的這個世界的顏色，成為那一瞬間色彩的其中一部分。

夜深了，天空與海呈現一片漆黑。我的肉體緩慢吸收山本的生命，成為與山本融合為一的生命，雙腿泡在令人懷念的水中，閉上眼睛。海潮聲持續撼動正在受精的我們的鼓膜。

美好的材料

假日午後，我和兩個大學時代的女性友人，一邊聊天一邊享受飯店餐酒吧的下午茶。窗外一片藍天，辦公大樓林立的街區聳立成排的灰色建築。這間飯店的餐酒吧很難預約，店內滿是與我們同樣享用著下午茶的女客，氣氛很是熱烈。有一位氣質高雅的白髮女士披著深紫色披肩，以優雅的手勢將塔派送入口中。我們隔壁桌坐的是擦著繽紛指甲油的女孩們，正在拍蛋糕的照片。其中一人不小心打翻了果醬，沾到她身上穿的白色針織衫，急忙掏出粉紅色手帕擦拭。

翻開菜單，剛點完追加紅茶的由美忽然注意到我穿的毛衣。

「噯、奈奈，這件毛衣是人毛的？」。我笑著點頭。

「啊、妳看得出來？對啊，這件是百分之百人毛。」

「好好喔，一定很貴吧？」

「嗯，有點……我還辦了分期付款呢。不過，一輩子值得擁有一件啦。」我有點難為情地回答，指尖輕撫自己身上穿的黑色毛衣。這件毛衣在袖口與下襬有著麻花辮般的設計，密密編織的黑髮光澤動人，反射著從窗口照進來的陽光。我凝視穿在自己身上的衣服，真是美麗得教人陶醉不已。

亞彌也用羨慕的眼光看著我的毛衣：

「冬天還是穿人毛百分百的毛衣最棒了。又暖又耐穿，還很有高級感。我也有人毛的毛衣，但全人毛太貴了，只買得起羊毛混人毛的。可是，百分之百人毛的，摸起來手感真的不一樣。」

「謝謝。因為捨不得穿，這件平常都收在衣櫥裡。想說今天要來大飯店，而且好久沒跟妳們碰面了，想精心打扮一下，牙一咬就穿出來了。」

「欸——難得都買了，要常常穿才不浪費啊！」

由美這麼說，一旁的亞彌也表示贊同。

「對啊，昂貴的衣服可不是買來裝飾衣櫃的東西，得好好善用才行！奈奈，妳最近不是剛訂婚？像是雙方家長見面之類的正式場合，不就最適合穿人毛了嗎？」

我撥弄著手中的紅茶杯，輕聲說：

「嗯……可是他不太喜歡人毛做的衣服。」

亞彌睜大雙眼，難以置信地問：

「咦？怎麼會這樣？為什麼？我不懂？」

「我也不太能理解，不光是人毛，用人類當材料的衣服或家具，他好像都不太喜歡。」

我這麼苦笑，由美驚訝地把吃到一半的馬卡龍放回盤子，露出詫異的表情。

「不會吧——那、人骨戒指呢？人齒耳環呢？」

「那些也不行。我們正討論到結婚戒指要買白金製的。」

亞彌和由美面面相覷。

「欸——？用門牙加工做成的結婚戒指最棒了啊……」

「奈奈的男朋友是在銀行工作的菁英吧？明明有錢還這麼小氣？」

「好像不是錢的問題……」

我也說不清楚，只能笑笑含混帶過，亞彌一副了然於胸的樣子說：

「確實有這種人，雖然有錢但不懂時尚……妳那位直樹先生外表看起來明明很會打扮啊，真沒想到。不過，結婚戒指還是好好討論比較好喔，畢竟那代表了你們兩人永恆的愛與誓言。」

說這番話的亞彌端紅茶杯的左手無名指上，戴的就是一個人骨戒指。雪白的戒指戴在她修長的手指上非常好看。這是她去年結婚時訂做的婚戒，說是小腿骨戒指。和牙齒戒指比起來便宜許多，話雖如此，亞彌秀給我們看時還是一臉幸福。我還記得去年好羨慕那樣的她。

我悄悄撫摸自己的無名指。其實我也想要人骨戒指，和直樹為這件事討論過好多次。再怎麼討論也沒用，這點我最清楚了。

「噯、你們兩人再一起去一趟戒指店嘛，實際戴上手指看看，直樹一定也會改變心意的。」

「……嗯。」

我微微點頭，別開目光低下頭，伸手去拿盤子上冷掉的司康。

和亞彌及由美道別，才剛走出飯店，手機就振動起來。從包包裡拿出一看，是直樹傳來的電郵。

『假日出勤提早結束，妳今天要來我家嗎？』

我急忙回覆OK，搭上地下鐵，前往直樹住的公寓。

直樹家在辦公大樓與住宅區混合的地帶，從這裡到他上班的公司交通很方便。考慮到生兒育女的事，婚後我們預計搬到綠意盎然的近郊新蓋的房子。雖然也期待住進新家，但和直樹交往五年多來，我不知道造訪過這裡多少次，一想到將來沒什麼機會再來，不免有些寂寞。

按下門鈴，「可以進來囉」。對講機傳來直樹穩重的聲音，我才拿出鑰匙開門。大概剛回來不久，屋裡的直樹還穿襯衫打領帶，上面罩一件羊毛衫，正在開地板暖氣。

「我買晚餐來了，今晚好冷，要不要吃火鍋？」

「好耶，謝謝。她們兩位還好嗎？」

「亞彌和由美都很好喔，還送了我們結婚禮物。」

將裝了葡萄酒對杯的紙袋交給直樹，我放下超市購物袋和包包，隨手脫下牛角扣大衣。瞬間，直樹皺起眉頭。

一看到他那毫不掩飾的厭惡表情，我才想起今天自己穿了人毛毛衣的事。

「……不是叫妳別穿人毛了嗎？」

剛才還笑得溫厚的直樹，忽然像脖子骨折似的大大轉頭，別開視線低聲怒吼，還用力坐上沙發，撞出粗魯的聲響。

「……和朋友好久沒見面了，今天想好好盛裝打扮一下嘛……這件最近一直沒穿啊，只是久違地套一下而已。」

「那種東西早該丟了。妳不是答應過我不再穿了嗎？怎麼反悔了？」

「……可是這件衣服分期付款都還沒付完，我也只是答應不在直樹面前穿，又不是說一輩子都不穿它了。不過是穿自己花錢買的衣服，憑甚麼要被你講成那樣。」

說著說著，我都快哭了。直樹仍連看都不看我一眼，不耐煩地用指尖敲打地板。

「因為很噁心啊。」

「你說人毛？這原本不都是長在我們身上的東西嗎？是比任何動物毛更自然，更接近我們的材料……！」

「不、就因為這樣才噁心吧。」

直樹不屑地丟下這句，從邊桌抽屜拿出香菸和小型菸灰缸。直樹很少抽菸，只有在不耐煩到了極點時，為了壓抑情緒才會叼起香菸。每次直樹工作疲倦打開菸盒時，我都會勸他

「抽菸對身體不好」，現在卻因我身上穿的毛衣，害他焦慮到不得不抽菸，這實在太難堪了。

吐著煙圈，直樹說：

「明天妳不是要去美穗那裡選新家的家具嗎？我不能去，就交給妳決定，但是聽好了，要是選了任何一樣用人類作的家具，我們就不用結婚了。牙齒、骨頭和皮膚都不行，否則我馬上解除婚約。」

「為什麼要這麼單方面的……運用死去的人類當材料，這不是非常普通的事嗎？為什麼你這麼討厭用人類製成的家具或衣服？」

「因為那是對死亡的冒瀆。從屍體上剝下指甲、剪掉頭髮，作成衣服家具什麼的，還用得滿不在乎，這種事我實在難以置信。」

「總比對其他動物做一樣的事好多了吧？將死去的人當作材料運用，這是我們高等生物特有的尊貴行為啊。不浪費死去的生命，將身體加以善用，日後總有一天自己的肉體也會資源回收，成為道具供人使用。這不是一件美好的事嗎？明明我們的肉體有那麼多能再次利用的地方，丟掉豈不是太可惜，我認為那才真是冒瀆了死亡。」

「我可不那麼想。大家腦袋都有問題，一定是瘋了。妳看看這個，這是剝下人類指甲作的，不就是屍體的一部分嗎，太噁心了，令人毛骨悚然。」

直樹粗暴地摘下領帶夾，往地板一丟。

「別這樣！弄壞了怎麼辦！既然那麼討厭的話，幹麼別在身上呢？」

「因為這是部長送的新婚賀禮。其實我覺得噁心，連碰也不想碰這種東西，全身都起惡寒了！」

我強忍眼淚吶喊：

「用人類當材料一點也不野蠻，全部燒掉更殘酷啊！」

「妳少囉唆！」

我們總是為這件事吵架。不知為何，直樹就是很討厭穿人類材質的衣服，用人類材質的東西，而我無論如何都無法理解。

「……對不起，我把這件毛衣丟掉就是了……」

我脫下那件人毛衣，只穿著絲質襯衫。忍住不發出嗚咽聲，將那散發美麗光澤的黑色毛衣揉成一團，塞進廚房裡的垃圾桶。懷抱慘烈的心情呆站原地好一會兒，不知何時從沙發上起身的直樹走到我身後緊緊環抱。

「……抱歉，我太情緒化了。雖然不管怎解釋妳都不明白，但我就是很怕那些用人毛作的毛衣和用人骨作的餐具、家具，真的怕得不得了。」

直樹細長的雙臂溫柔輕擁我的身體。他身上披的是柔軟的喀什米爾羊毛衫。人毛不行，喀什米爾羊毛就可以，直樹的解釋我一點也聽不懂。但是，看到那雙微微顫抖的手臂，我只能輕聲說：

「是我不好……明知直樹不喜歡還這樣。」

「不、是強迫妳忍耐的我不好……」直樹發出虛弱的低喃，把臉埋進我的肩頭。

「我真的怎麼也無法明白，為什麼大家能滿不在乎做出那麼殘酷的事。貓、狗或兔子絕對不會做出那種事，普通動物都不會把同類的屍體拿來作成毛衣或檯燈吧，身為動物，我也想活得堂堂正正……」

我找不到回答他的話語，只能輕輕撫摸從背後環抱上來的直樹手臂。包覆在柔軟喀什米爾羊毛衫下的手臂無助地攀住我。我輕輕回頭，正面擁抱彎腰蜷縮的直樹。在他背上摩挲了一會兒，直樹才安心似的將那冰冷的嘴唇貼在我的脖子上，嘆了一口氣。我持續撫摸把臉埋在我肩頭的直樹背部好久好久。

聽到我說，只要是用人類材料的家具擺設全都不考慮，美穗瞪大雙眼。

「妳的意思是，明明預算這麼充足，卻不管是大腿骨作的椅子、肋骨當裝飾的桌子、使用了手指骨的時鐘，或者乾燥胃囊當燈罩的檯燈，你們都不打算買？」

「對喔。」

「那，用人齒串起來當裝飾的架子呢？用人毛編織的暖和地毯呢？」

「嗯，因為我不想看到直樹痛苦的樣子。我想打造一個兩人都能安心住在裡面的家。」

美穗闔上放在我面前的目錄，皺起眉頭壓低聲音說：

「我不想講這種話，但直樹是不是生了什麼病？為什麼只對人類材質這麼神經質？」

「我不知道。他從小和父親的關係就不怎麼好，或許原因出在這裡。」

「最好去諮商一下，要不然這太奇怪了。人死了之後就拿來作成毛衣、手錶或檯燈，因為我們是人類也是物質啊。這不是很棒的事嗎？」

美穗說的很有道理，但我還是只能搖頭。

「我的想法跟妳一樣……但是現在無論如何，只能先買不會讓直樹傷心的家具。」

大概感受到我堅決的意志，美穗無奈地嘆口氣。

「唉，好啦，我知道了。真可惜，明明有這麼多預算，想買多高級的家具都買得起。好吧，那就幫妳搭配這邊這種不使用人骨的餐桌和餐椅囉。」

「謝謝妳。」

「原本客廳的照明我想推薦妳這款用人類指甲拼成鱗片狀的吊燈……看來也只能選玻璃材質的款式了。」

「嗯，就這麼辦。」

美穗一邊嘆氣，一邊在目錄上確定購買的商品旁貼上便利貼，我不經意問她：

「噯、為什麼其他動物不會拿同類的屍體來穿或製作器具啊？」

「誰知道。不過，母螳螂不是也會吃公螳螂嗎？我覺得那很合理，可見還是有其他動物懂得善用屍體的道理。」

「對耶，說得也是……」

「奈奈，妳該不會被直樹下毒了吧？」

「才沒這回事呢。不過，我實在搞不懂何謂『殘酷』。直樹說拿人類當材料是一件『殘酷』的事。但我反而認為都不拿來用，直接燒掉更『殘酷』。我們用著同一個詞彙指責對方的價值觀，這樣真的走得下去嗎……」

「……這個嘛，我也不知道。但是奈奈妳不是拚命想理解直樹的想法了嗎？只要像這樣還有想一起走下去的心，你們兩人一定沒問題的。」

美穗溫暖的話語，使我鬆了一口氣。

「那我先去打報價單喔，順便把商品訂單送出去。這會花一點時間，妳就自己逛逛店裡或看看目錄吧。」

「好，謝謝。」

美穗捧著貼了便利貼的目錄走進店後方，我環伺店內發呆。

大概還是白天的關係，美穗工作的這間家具店裡，時間彷彿流動得特別慢。正在店內悠哉瀏覽家具的，有一對看上去很幸福的年輕夫妻和一位氣質高雅的老婦人。一樓展示的是便宜塑膠或玻璃製的家具擺飾，高級家具都放在二樓。像我現在坐的這張沙發，扶手就是白骨製成的。

正對面的一張餐桌上，擺設了用倒放的頭蓋骨製成的盤子。天花板上掛著美穗原本想推薦給我那款用指甲貼成鱗片狀的氣質吊燈。拼接成圓筒狀的指甲下，散發出介於粉紅與黃色之間的溫暖燈光。說真的，其實我也想坐在這盞吊燈下的餐桌旁，和直樹一起用頭蓋骨製成的盤子享用美味的湯，要是真能那樣的話，不知道有多幸福。

我不經意望向自己的指甲。和用在吊燈上的是一模一樣的指甲。我死了之後，如果也能變成這麼美麗的吊燈，讓用的人感到開心，那會是一件多美好的事。表面上再怎麼配合直樹，也無法改變內心珍惜自己肉體，希望總有一天成為某種器具的想法。自己也是製作物品的材料，死了之後能被製作為器具供人使用，這是非常崇高又美好的事。我無論如何都無法打消這個念頭。

站起來，走向附近的書架。架上用來隔間的書擋也是骨頭製成，從大小看來應該是肩胛骨。書架上排放著幾本書，想來是在模擬書架放在家中的情境。腦中浮現喜歡閱讀的直樹的臉，心想，要是這麼漂亮的書架能放在他書房裡，豈不是太完美。我靠近那骨頭作成的書擋，伸手拿起一本小型國語辭典。試著查了最近縈繞腦海不去的單字「殘酷」。

『毫無慈悲，冷酷，意即殘忍。』

不管怎麼看，都覺得直樹說的「死去的人就該全部燒掉」更符合這個詞彙的意思。明明還能製作為器具，在更多地方派上用場，卻把屍體全部丟棄不用，這是多麼殘忍冷酷的事。這種話竟是從溫柔的他口中說出，到現在我還難以置信。

然而，我深愛直樹，為了他願意忍耐。我下定決心，這輩子都忍住不穿人類作成的衣服，不用人類作成的器具，自己死了之後也不被作成帶給人溫暖的任何日常生活用品。

下個星期天，我和直樹造訪了他位於橫濱的老家。

之前已當面報告過要結婚的事，這次去是為了商量婚禮入場時間和宴請賓客的細節，有很多要討論的。直樹的妹妹負責接待男方親友，這方面的事也要跟她談一下。

直樹的父親五年前過世，已經不在了。直樹的母親和妹妹親切迎接我們。

「歡迎，抱歉這麼忙的時候還請妳來。」

「別這麼說，打擾了。」

直樹妹妹麻美小他很多，現在還在讀研究所，從我開始和直樹交往，她就跟我很親近。

「想到奈奈姊要成為大嫂了，我就好高興。」

開心地這麼說著，麻美端出親手作的布朗尼蛋糕。

吃著麻美作的蛋糕，喝著未來婆婆泡的紅茶，我們聊了一會兒天。

「哥，你在婚禮上表演吹小號嘛。把對奈奈姊的愛融入樂曲，聽起來很棒吧？」

「才不要，太丟臉了。我玩吹奏樂都多久前的事，現在不可能了啦。」

直樹為難的笑臉好滑稽，我忍不住靠在他身上笑了。好久沒看到他這張溫和的笑臉，不由得高興起來。

話題告一段落，婆婆站起來說：「……有點東西想交給你們倆。」

接著，她從屋內的和室裡捧出一個細長的木盒。

將木盒放在桌上，婆婆默默掀開蓋子。我好奇地探頭窺看，裡面放著看上去像薄宣紙的東西。

「這是……？」

我和直樹都不知道那是什麼，狐疑地看著婆婆。婆婆凝視盒中半晌，才輕聲對我們說：

「這是用你爸爸作的頭紗。」

「咦？」

婆婆輕輕地將那薄透的東西從盒子裡取出來。輕飄飄但頗有份量，確實是以人類皮膚作成的頭紗。

「五年前，你爸爸罹癌時，要我在他走後將他作成頭紗。那正好是你跟奈奈開始交往的時候。爸爸從你們小時候管教就太嚴格，直樹後來開始反抗他，他硬要你讀醫大時，父子倆還打了一架，從此再也沒和好過。爸爸在家也老是說『和直樹那傢伙算是半脫離父子關係了』，絕口不提你的事。沒想到，在生命的最後，他卻說『直樹那傢伙雖然不中用，看女人倒是挺有眼光』，走之前竟然還說要用自己作成頭紗，讓奈奈在婚禮上用。」

「…………」

我倉皇地瞥了直樹一眼。只見他面無表情，凝視那塊頭紗。

「直樹連爸爸的葬禮都只來露了一下臉，所以我也沒能把這事告訴你……可是，我一直在等這天到來。直樹，原諒你爸爸吧。能不能在你們的婚禮上用這塊頭紗呢？」

「我也拜託妳了，奈奈姊。試戴看看好嗎？這塊頭紗很美的。」

眼眶發紅泛淚的麻美抓著我這麼說，我小心翼翼將手伸向頭紗。人的皮膚既薄又脆弱，一般來說並不適合製作成衣服。不過，這塊頭紗摸上去的質感不像看起來那麼像宣紙，觸感非常柔軟。

「奈奈，轉過來這邊。」

婆婆輕輕捧著頭紗站起來，戴在我頭上。用一個小髮插固定頭紗後，輕軟的頭紗覆蓋了整個上半身。

頭紗一直垂到腰部，從耳朵、臉頰至肩膀都披著公公柔軟的皮膚。素雅的頭紗沒有設計任何圖案，但是仔細一看，整體保留著皮膚特有的網狀細線，看上去就像精緻的蕾絲一般。每一個細胞都像飽含光芒，感覺自己被無數的光點包圍。

「好美……」

「好適合妳喔，奈奈姊！」婆婆和麻美顯得非常感動。

頭紗上還留有公公的小顆黑痣與淡斑，看上去就像複雜的圖案。白皙的皮膚上混著焦糖色，有些地方因為光線的關係又有些泛青，色彩繁複交錯，是人工絕對作不出的效果。窗外照進來的光線融入公公膚色之中，染成了溫柔的顏色，疊在我的皮膚上。

隔著一層皮膚透進來的膚色光線包圍全身，使我產生一股站在全世界最神聖教堂裡的感覺。

我從那纖細又美麗的頭紗內側凝視直樹。

直樹低著頭，緩緩抬起手臂，為我掀起頭紗。

還以為他要把頭紗丟掉，卻聽見他輕聲說：

「這傷痕是……國中時……」

朝他手邊看去，看到皮紋交織成蕾絲的頭紗下襬處，有一個小小的傷痕。

「對，那是你國中時和爸爸吵起來，揍了他之後離家出走那次留下的傷。傷痕一直留在他背上。你大概不知道，爸爸每次去洗溫泉，都會得意洋洋地對別人炫耀說『我兒子還滿有骨氣的呢』。」

直樹露出難以言喻的表情，始終注視著頭紗。

我擔心他像丟掉領帶夾那樣忽然大喊大叫，屏氣凝神盯著直樹。然而，直樹不發一語，始終凝視著頭紗。

不久，彷彿慢慢落入公公皮膚之中一般，直樹蒼白的臉靠過來。

「爸……！」

在聽見直樹這麼低喃的沙啞聲音後，感覺到他悄悄將臉埋入頭紗。

看見這一幕，婆婆和麻美似乎萬分感慨。

「哥！」

「就原諒你爸吧，直樹！」兩人眼眶含淚這麼說。

「……嗯，當然。就在婚禮上戴這塊頭紗吧，好不好？奈奈。」

我不知道是否該微笑，光是輕輕點頭就費了好大的勁。頭每點一次，頭紗就微微晃動，輕柔地撓著我的臉頰和背部。穿透公公皮膚的光，在我的皮膚上閃爍。

回程路上，我代替神情恍惚的直樹開車。朝副駕駛座投以一瞥，在這種寒冷天氣裡，直樹卻把窗戶全部打開，朝窗外出神。我對他說：

「嗳、真的可以用那塊頭紗嗎？」

裝著頭紗的木盒在後座發出喀答喀答的聲音。

直樹沒有回應，像個裹在棉被裡睡覺的小孩，鑽進從窗外吹拂進來的風中，輕閉雙眼，身體靠在車門上。

我耐著性子，審慎選擇遣詞用字，再次對他說：

「如果直樹你無論如何都不想的話，我就跟媽她們說是婚顧反對，或是找個跟婚紗不搭之類的原因，總之藉口可以再想。」

任憑風吹亂了頭髮和衣服，直樹還是不開口。我有點不耐煩了，硬起語氣問：

「嗳、你至少回應一下啊，到底是怎樣？剛才說的是真的嗎？還是在家人面前說謊而已？

如果直樹真的被爸爸的心意感動，那我們就用那塊頭紗，如果你還是覺得使用人類皮膚作成的東西太殘酷，不想用的話也要告訴我啊。我都可以，重點是你的心情。」

「……嗯……」

「怎麼樣嘛，講清楚一點。有感動，還是沒有？覺得殘酷，還是不覺得？」

我扯開嗓門，直樹才好不容易開口。

「……總覺得，我也搞不清楚了……是否像大家說的，人死了之後被當成材料，作成東西拿來用，真的是一件美好又令人感動的事嗎……」

我皺起眉頭，踩下油門加速。

「那種事別問我啊，是看直樹你自己內心是否受到感動，你得自己決定。」

「我無法決定……不知道……我搞不清楚了。不管是『殘酷』這個詞，還是『感動』這個詞，明明今天早上之前，我還很確定這兩個詞是什麼意思，也確定要用在什麼地方，現在卻不知該如何是好，我失去根據了。」

直樹愣愣張嘴，用那口水都快滴下來似的滑稽表情這麼嘟噥。

「你不是一天到晚批評我『殘酷』嗎？那股兇勁現在都到哪去了？」

「為什麼我能那麼確信呢？不懂……唯一確定的是，那塊頭紗真的很適合妳。畢竟是人類的皮膚嘛。沒有比人類皮膚更適合人類的了。」

說完這句話，直樹就不再開口。

耳邊只剩下風的聲音，和木盒被吹進後座的風吹得搖晃發出的聲響。

百年後，我們會成為什麼樣的器具呢？會變成椅腳嗎，還是變成毛衣，或者是時針？成為器具的我們，被使用的時間或許會比活著的時間還要長。

直樹像已成為物體似的，雙臂無力下垂，身體癱在椅背上。他的頭髮與睫毛隨風飄動。直樹鬢毛下方，隱約看得見以前刮鬍子失手弄傷的小傷痕。我不經意地想，若是有朝一日，直樹被作成了燈罩或書套，這個傷痕或許會留在上面。

我默默從方向盤上放開左手，撫摸直樹垂在副駕駛座上的手。

直樹溫暖的手掌握住我的左手，皮膚的觸感就像剛才包覆全身的頭紗。皮下指骨起伏，血管隨脈搏收縮，這些感覺也都透過指尖微微傳遞過來。

現在，還沒成為器具的直樹抓住我的手指。在還沒被當作物質，還能以生物身分存在的這段短短時光中，我們將分享彼此的體溫。這件事彷彿轉瞬即逝的幻影，我不禁用力握住直樹纖細的手指。

美妙的餐桌

星期天早上，我和丈夫一起吃早餐。

我和丈夫吃的東西，幾乎都是從網路商城Happy Future買來的。有用壓成方塊的冷凍蔬菜當配料的湯，還有「未來燕麥片」、冷凍乾燥麵包與沙拉等等。我們總是對坐在餐桌邊，吃這些令人聯想到太空食品的食物。

Happy Future這個網站的主打概念是「將下個時代的食品送上您餐桌」，因為海外上流名人爭相購買而蔚為話題。丈夫深深迷上這個網站，現在我家餐桌上的食物幾乎都從Happy Future訂購。

吃的不是冷凍食品，就是冷凍乾燥食品，所以我不用下廚，這點倒是很感謝，但是不管怎麼說，價格實在太昂貴，花了我們不少錢。我一邊吃著綠色的「未來燕麥片」，一邊盤算吃完後得馬上用美白牙膏刷牙了。

智慧型手機響起來電鈴聲，我朝螢幕一看，是妹妹打來的。拿起電話，我往沙發移動。

「久美，怎麼了？一大早就打電話來，真難得。」

「下個月第一個星期天，妳有空嗎？」

向來穩重的妹妹，語氣反常地急促。

「那天，我未婚夫和他父母要來我家。」

「咦！」

我連妹妹交了男朋友都不知道，聞言不禁大驚。

「這是我跟對方家長第一次見面，講好由我招待對方吃我的家鄉料理。」

「什麼？要讓人家吃那個？」

「對啊，所以想請姊姊來幫忙，拜託。」

「妳的家鄉料理不就是……久美……」

「雙方家長的正式碰面會另外擇日進行，這次只要煮他和他父母、我和姊姊共五人份的餐點就行。拜託妳了，詳情決定之後我再跟妳聯絡。」

妹妹自顧自地說完，就把電話掛了。

坐在餐桌旁吃「未來燕麥片」的丈夫問：

「是久美？怎麼了？她說什麼？」

「說過幾天要跟未婚夫的父母見面。」

「哇，恭喜她了啊！」

丈夫一邊吃東西，一邊喝同樣在Happy Future網站買的瘦身飲料。這是最近特別流行的飲品，在氣泡水裡混入水藍色粉末，只要喝這個就不用再吃其他保健品，是大受好評的健康飲料。粉末中摻有ＮＡＳＡ開發的細菌，能在體內發揮功效，讓人長出肌肉，肉體重拾青春。

「久美也要結婚了啊……是說她也快三十，是適婚年齡了。」

我把手機放回桌上，對露出欣慰表情的丈夫說：

「所以，妹妹要煮家鄉料理招待對方。」

「不會吧？」

丈夫表情瞬間大變，端著飲料站起來。

「不不不，那不行的吧！這種正式場合耶！」

「那孩子說出口的事就很難改變了。」

「這我知道，但事關一輩子的幸福啊！」

看到丈夫激動的樣子，我也只能嘆口氣：「是啊……還是想辦法在當天之前說服她放棄好了……」

小我三歲的妹妹，有天忽然說：

「我前世是魔界都市『東帝拉斯』的超能力戰士。」

「是喔。」

那時我已經是高中生了，也沒特地反駁妹妹說的話，只是默默聽她說。

「現在雖然住在日本，成為平凡父母的小孩，但在魔界都市東帝拉斯的我具有超能力，使用特殊能力和敵人戰鬥就是我的工作。現在轉世投胎來這裡，身體只是暫時借用，等這個身體的壽命終結，我打算回魔界去。」

「這樣啊。」

妹妹腦中好像已經完成種種設定，那之後也是，只要一有空就會談起前世的各種事。我並不討厭聽妹妹說前世的事。

「我很感謝這裡的家人照顧我，但有時仍懷念前世的世界。」

妹妹偶爾會一臉寂寞地說這種話，每次看起來都像真的要回哪裡去了似的。對妹妹來說，真正的家人是前世那些人，我和父母或許只是陌生人。

「這樣啊。」

我總是點頭聽她說。媽媽則是抱怨「這種時候可能該勸阻她一下」。當時妹妹已經在學校裡跟要好的朋友說自己前世有超能力了。而且這事還已經傳遍整個學校。

原本以為等她上高中情況會收斂，沒想到高中裡有很多國中時的同學，直到她畢業都沒能把事情壓下來。有次我看了她高中的畢業紀念冊，上面不少同學寫著「哪天帶我去魔界吧！」或「和敵人戰鬥要加油喔！」之類的留言。

媽媽說，「上大學後再怎麼樣也不會繼續下去了吧」，我卻隱約感到妹妹不會善罷甘休。果然不出所料，妹妹帶社團裡要好的朋友來家裡玩時，從房間裡傳出這樣的對話：

「畢竟久美能使用黑暗力量嘛。」

「嗯，妳別告訴別人喔。」妹妹這麼回答。

那段時間，我從朋友那裡學到「廚二病」[2]這個名詞。原來妹妹這個現象還有專有名詞，我深受感動。不過這只是網路隱語，好像不是正式病名。

妹妹就這樣長大，現在在公司還是扮演著一個「超能力戰士」。

我退一步站在妹妹身旁看她漸漸長大，至今甚至有點尊敬她。我開始認為那粗暴的隱語不適合用在她身上，因為妹妹對待這事更嚴肅，也不是一時興起。

妹妹進的公司幾乎沒有社會新鮮人，職場上都是上了年紀的男性同事。就算她說那些莫名其妙的話，大家也只覺得「久美好有趣」，還是很疼愛她。要是在一般公司，大概會被嘲笑或排擠吧。不可思議的是，妹妹身邊總有人能理解她，雖然不多，但她一直有幾個從未瞧不起「魔界都市東帝拉斯超能戰士」身分，還很願意好好聽她說話的朋友。

媽媽就無法理解。她會叱喝妹妹，要求她別再這麼做。我經常制止媽媽，替妹妹說話。媽媽和妹妹處不好，大學一畢業，妹妹就離開家一個人住了。

就是從那時起，妹妹開始吃些匪夷所思的東西。

自己煮飯後，妹妹作來吃的都是魔界都市東帝拉斯的食物。在外面還是一樣吃咖哩或牛排等普通的東西，在家好像都吃魔界都市東帝拉斯的食物了。

和我一樣在埼玉出生長大的妹妹為什麼會變成這樣，我不知道。但是，如果妹妹生活得開心，我也覺得那樣就好。

只是，我自己從來沒吃過魔界都市東帝拉斯的料理。就算喜歡聽妹妹說起前世，事關吃的東西時，還是令人有點害怕。我提不起把來路不明食物吃進體內的勇氣。就連身為親人且相當能理解妹妹世界的我尚且如此，試圖讓結婚對象的父母吃那種東西實在太衝動了。丈夫說得沒錯，如果為妹妹著想，或許該勸阻她才對。

「妳年紀也不小了，別再做那種事！」

---

2. 即中二病。日語的「中坊」有國中小鬼的意思，「中坊」發音同「廚房」，網民便以「廚二」暗指「中二」。

媽媽尖銳的聲音令我皺起眉頭。

我和媽媽決定跟妹妹一起吃個飯，攔截了下班回來的妹妹，直接前往附近的義大利餐廳用餐。

「說什麼別再做……事到如今是叫我別做什麼？」

儘管媽媽情緒流於激動，妹妹還是很冷靜。媽媽說的話，等於是叫妹妹別再當妹妹，連我都覺得無理取鬧。

「我不認為久美有必要勉強自己改變，不過，只有食物這一點，想讓對方跟妳吃一樣的東西很難喔。」

我老實這麼說。

「久美妳煮的食物，連能理解魔界都市東帝拉斯的人都難以入口了啊，因為那是不會來騙我們的食物。」

「不會來騙？什麼意思？」

妹妹似乎認為我比媽媽好講話，朝我投以鎮定的視線。

「吃對方煮的食物，就代表相信對方住的世界吧。即使同意久美住的世界很有趣，要吃進那世界的東西就有點難了。所謂食物，盡是些莫名其妙的怪東西，正因如此，食物不來騙我們一下的話怎麼吃得下呢。」

我指著眼前的盤子。

「比方說，這道加了桃子和香菜的義大利麵，要不是因為在這種店，由正式廚師作出來給客人，誰會開開心心把它吃下去啊。換成是鄰居小學生拿著裝在保鮮盒裡的這東西，大家只會想『義大利麵裡加桃子和香菜太噁心了吧』。我們必須先成為食物的信徒，才能把那些奇怪的東西吃下肚。」

「姊，妳看得好透澈。」

「是嗎？」

我和丈夫吃的Happy Future餐和魔界都市東帝拉斯的食物也沒太大不同。不過，那些食物至少努力來騙我們了。吃某種食物，其實就等於接受那種食物洗腦，抱持這個想法的我，無法將妹妹那天馬行空虛構世界中的食物放入嘴裡。

「久美的未婚夫吃過妳作的菜嗎？」

「妳說圭一？沒有喔，沒吃過。他看過我吃，但也說『怎樣也無法把那種東西放進嘴裡』。」

「妳看吧！」

媽媽又發出怒吼。我一邊嫌感情用事的媽媽礙事，一邊對妹妹說：

「畢竟啊，想吃安全食物的念頭還是會存在本能中嘛。所以，食物得來騙我們『不管怎樣這東西是安全的，是美好的食物』才行。這樣我們才敢吃。」

「我懂妳想說什麼，但那是不可能的事吧？打從心底相信魔界都市東帝拉斯存在的人，除了我之外沒別人了。」

幸好妹妹很冷靜，我點點頭。

「對啊沒錯，所以，妳就不能隨便作些咖哩或漢堡排之類普通食物給他們吃嗎？」

「可是，是他要求我煮給他爸媽吃的。」

「欸，是這樣喔？」

我情不自禁大聲問。

「不是我主動說要這麼做的唷，畢竟魔界都市東帝拉斯的食物我只會自己在家吃。是圭一無論如何都要我煮給他爸媽吃的。」

「為什麼？他自己都不吃不是嗎？」

「我也不知道。說不定想悔婚吧。」

妹妹聳聳肩，我也歪了歪頭，心想妹妹的未婚夫可能是個大怪人，用叉子戳起一塊義大利麵盤中的桃子。

回到家，丈夫正一如往常將藍色粉末加入氣泡水，正在製作他的飲料。

「我回來了，你今天晚飯就喝那個？」

「是啊，這東西果然厲害，開始喝之後感覺身體都變輕盈了。」

「是喔。」

我不太喜歡那種飲料的味道，很像洗髮精，光因為這點就連一次也沒喝過。再說，買這種飲料一個月就要花兩萬，他一個人買就夠了。

「久美情形如何？」

我把手提包丟上沙發，嘆了口氣。

「嗯……大概真的會煮那種料理。」

「是喔，那久美大概沒救了。」

丈夫說得斬釘截鐵，我忍不住轉頭問：

「沒救是……什麼意思？」

「不是啊，婚事應該毀定了吧。久美已經沒救了。」

丈夫喝著水藍色飲料的表情，看上去甚至有點開心。

「真傻，難得有個讓人生回到正軌的機會，她偏偏要這麼做。我跟公司同事講了這件事，大家都在笑。」

「是喔。」

我隨口答腔，從冰箱裡拿出水來想喝。Happy Future的包裝袋在冰箱裡排排站。我取出礦泉水來喝，一邊想著，丈夫和妹妹到底有哪裡不一樣。

妹妹的人生已經沒救了嗎？看在一般人眼裡或許是這樣吧。丈夫之所以堅持吃Happy Future的食物，是因為他認為那是成功者的食物，是「美好生活」不可或缺的一部分。

看著這樣的丈夫，我覺得很有趣。似乎只要食物愈貴，他就愈甘於被騙。我曾聽說比起詐騙一百元，詐騙一百萬更容易，看到丈夫這模樣，我想那說法或許沒錯。嚮往「更上一層樓生活」的心情，讓丈夫樂於喝下水藍色的飲料。雖然因此家計拮据，看到開開心心喝下水藍色飲料的他，我不知為何覺得很爽快。

丈夫相信這個世界，對這世界獻媚。從他身上我感受到一種單純。或許我就是喜歡他這個性，才會跟他結婚的吧。

到了妹妹作菜招待親家的星期天，當天天氣晴朗。

妹妹現在住的單人套房太狹窄，回老家又太遠，討論的結果，決定讓妹妹在我家作菜請客。

「抱歉啊，不但要妳幫忙，還連妳家都借來用。」

妹妹很愧疚，但我對她未婚夫父母如何看待這件事很感興趣，所以回答：「完全沒問題，別在意。」

今天丈夫出門了，說是要去參加異業交流會。這大概是藉口，我看他只是不想吃妹妹作的菜。

一大早，妹妹就提著大量食材來我家。

「蒲公英、魚腥草……這就是今天的食材？」

「嗯。設定上，這些是生長在魔界的藥草。」

「那這邊的罐頭是？」

「設定上，這是從魔界地下街黑市買來的食物。」

妹妹的食材全都有背景設定。要不要吃另當別論，只要一問，她就會滔滔不絕給出說明，這點倒是挺有意思的。

「噯，真的不用煮『正式料理』沒關係嗎？」

妹妹瞄了我一眼，問：「正式料理是什麼？」

「比方說烤肋排或筑前煮這類有名稱的料理啊。」

「有名稱就算正式嗎？」

「這樣吃的人才會放心嘛。就像詐欺師一開始也會報上名字自我介紹一樣。」

聽了我這麼說，妹妹嘆口氣：「姊姊的理論異於常人，不值得參考。」

「好啦……反正我會幫妳煮，那現在該做什麼好？」

「先幫我煮蒲公英花。那邊不是有橘子汁嗎？把橘子汁煮沸後，蒲公英放進去煮。」

「知道了。」

妹妹俐落地調理起來，把切碎的魚腥草摻進麵粉，再加水攪拌。

「那是什麼？」

「主食。」

「魚腥草也長在魔界都市東帝拉斯喔？」

「嗯，還長得滿多喔。」

既然妹妹都這麼說了，那一定就是這樣吧。我點點頭，按照她的指示，從塑膠袋裡取出一大把蒲公英。

剛過中午，妹妹的未婚夫就和父母一起按了門鈴。

「幸會，我是正在和久美小姐交往的澤口圭一。」

第一次見到久美的戀人，看上去很爽朗，怎麼也不像是會要她煮魔界都市東帝拉斯料理的怪人。

「不好意思，我們也厚臉皮來打擾了。」

未來親家澤口夫妻都是氣質高雅，看上去性情溫厚的人。親家母幸繪女士微笑時眼角都是笑紋，應該很好親近。親家公榮治先生有著高壯的外表，似乎有點嚴厲，但一臉尷尬寒暄的樣子還是滿可愛的。

「這位是我的女朋友坂本久美小姐。」

「初次見面，兩位好。」

妹妹低下頭。

「我是久美的姊姊，讓各位專程跑一趟，真是不好意思。」

妹妹也在我身邊深深低下頭。

「那麼，先請進吧，不好意思我家很小。還有，雖然只是些簡單的東西，請吃吃舍妹親手作的料理。」

「謝謝。」在我的邀請下，澤口夫妻微笑答謝。

請幸繪女士和榮治先生坐在客廳餐桌靠裡面的位置，對面則是妹妹和圭一。因為餐椅不夠，我從書房裡拉出丈夫工作用的椅子來坐。

喘口氣，我和妹妹便走進廚房，先將「主食」端上桌。

「這是什麼呢？」

幸繪女士一臉好奇地朝盤中探看。我籠統地說明：「說是主食。」

「不知道合不合各位的口味，如果不合也請別勉強……那個，這裡準備了麥茶，想漱口的話請用。還有這邊是面紙和嘔吐袋。」

「準備得真周全。」

圭一微笑著說。

「這個呢？」

「這是用蒲公英花莖編成麻花狀，再用橘子汁熬煮而成的燉菜。下面有用絞肉包蒲公英花揉成的肉丸。」

「哇……」

妹妹作的菜都有「故事」。講究的不是美味與否，而是以故事設定為優先。剛才一邊作菜一邊聽她說了，橘子汁好像是象徵低級妖怪的血，絞肉則想像成魔界都市東帝拉斯地下黑市才有賣的人工肉。魔界森林裡生有許多蒲公英，前世的妹妹似乎經常以此為食。

雖然能理解這是妹妹對前世的想像，至於究竟好不好吃嘛，看上去是相當難吃。真要說的話，連那些蒲公英和魚腥草到底哪摘來的都不知道，如果是這附近摘的，上面一定滿布廢氣。

澤口夫妻可能也這麼想，光是微笑卻遲遲沒有拿起筷子。

「那個……不嫌棄的話，可以拿我們家常吃的東西出來嗎？雖然不知道合不合各位口味，光吃桌上這些奇怪東西的話，舌頭大概也會嚇到吧……」

看不下去的我這麼提議。

「哎呀，能這樣的話、呃……就太感激了。」

幸繪女士可能不擅長說謊，看著我的表情明顯鬆了一口氣。

「話是這麼說，因為都沒準備，只有家裡平常吃的東西……」

「那就很夠了。」

此時還笑得開心的澤口夫妻，看到我端出的Happy Future食物時，臉色又是一沉。

「請問……這是？」

「這個叫Happy Future食品，對身體很好，也有抗氧化的作用，國外很流行。我們平常都會上網買。」

「這樣啊……」

我將冷凍乾燥的蔬菜方塊和淋上綠色醬汁的水果粉末沙拉擺上桌。自以為選的已經是比較通俗的東西了，澤口夫妻卻仍顯得不知所措。

「那個……請問……有沒有白飯？」

榮治小心翼翼地問。

「有是有，但不是白色的，是用抗氧粉末作的人工米飯。酸味有點強，味道稍微特殊一點……」

我一拿出裝在保鮮盒裡的綠色人工米飯，幸繪女士就說：「呃……還是不麻煩了。」

「妳不是有帶那個來嗎？」

榮治先生似乎想起了什麼。

「啊、對欸。」

幸繪女士點頭。

「因為聽圭一那麼說，還以為久美小姐是喜歡吃特殊食物，原來誤會了……不過，這是我們鄉下人吃的東西，不知道合不合妳們口味。」

幸繪女士從紙袋裡拿出一個裝滿蟲子的瓶子。有白色看起來像小毛毛蟲的東西，也有比那大一點的另一種毛蟲，另外一個裝在塑膠盒裡的應該是蝗蟲。

就算是鄉下，也應該有其他好吃的東西吧，為什麼要特地帶三種蟲子作的甘露煮[3]來呢。老實說，我一點也不想吃這種東西。這麼暗忖著，朝身邊投以一瞥，妹妹應該跟我一樣，露出明顯抗拒的表情。

「這……其實我不太敢吃甘露煮。」

「配菜我喜歡吃鹹一點的……」

「哎呀，是這樣喔？」

幸繪女士一臉遺憾。

「這個配白飯很好吃的說……」

「我是會拿來當下酒菜。」

「這樣啊……」

桌上除了妹妹的魔界都市東帝拉斯料理，還有Happy Future的高級即食品，以及裝了蟲

---

3. 日式家庭料理的一種，用醬油、料理酒、砂糖或味醂、蜂蜜等調味料，將食材煮到湯汁收乾，口味偏甜。

子的容器。

雖然不是非常不願意，如果可以的話，也實在不想吃平常自己吃慣了的食物之外的東西。我自己是這麼想的，環伺眾人，大家大概也有相同想法，露出不置可否的表情，依然誰也不伸手去拿筷子，一逕喝著麥茶。

「就是這樣啊。」

圭一忽然開口。

「咦？」

「什麼，怎麼了？」

大家都很困惑，圭一不為所動地繼續：

「這就是我今天想看的景象。」

不知道他到底在說什麼，望向妹妹尋求翻譯，卻見妹妹愣愣張著嘴巴，似乎也無法理解。

「大家都覺得別人的食物噁心，不願意吃。我認為這種感覺很正常。」

「什麼意思？」

我這麼一問，圭一便比手畫腳激動地高談闊論起來。

「每個人吃的東西，都代表那個人的文化，也是只屬於那個人人生體驗的結晶。但是，強迫別人接受就是錯的。」

「喔……」

因為手長腳長的圭一以誇張的動作發表演說，為了不被他打到，我一邊把椅子往後拉，一邊點頭。

「和久美結婚後，我不打算吃她作的任何食物。久美也一樣，完全沒必要吃我或我父母的食物，也不需要她煮。因為我們在不同文化下長大，完全不必去迎合或融合對方。」

「話是這麼說，你……繼續現在的飲食生活會早死的喔。」

「那也是我自己決定的事，我自己負責。」

「請問，圭一先生平常都吃些什麼？」

我忍不住問了。

「圭一只吃零食和洋芋片。」

妹妹這麼說，圭一大力點頭。

「從小就這樣了。」

「是喔，好厲害。」

圭一身高頗高，過著那種偏食的生活竟然能長到這麼高，我不禁佩服起來。

「我最愛零食和洋芋片，要是可以的話，希望一輩子都吃這些就好。過去我曾與前任未婚妻同居過，但不久就出現裂痕，因為她要求我跟她吃一樣的東西。我們明明在不同文化中成長，她卻不當一回事地試圖破壞我的日常。我們每天都為這個吵架，最後就分手了。」

「原來是這樣啊。」

「我認為久美最棒的就是她有獨立的飲食生活。絕不迎合別人，也不強迫別人接受自己的文化。她吃她想吃的東西，我吃我想吃的東西，我認為這樣的我們可以融洽地生活下去。」

「我好像有點理解了。」

大概明白妹妹為何受圭一吸引了，我點點頭。

「絕對不吃彼此作的料理，我和久美將成為一對這樣的夫妻。所以，我想拜託爸爸媽媽，就算我在家吃竹筍造型巧克力或披薩口味洋芋片，她吃魔界都市的料理，也絕對不代表我們感情不好。這反而證明了我們喜愛彼此的文化，所以才願意這麼做。新年或中元節回老家時，也請不要強迫她吃或煮你們吃的東西。希望你們不要插手我們心愛的飲食生活，在一旁守護就好。」

榮治先生板著臉，打斷圭一的熱切說明。

「可是啊圭一，結婚這種事是兩個家庭的事，繼承對方家庭的文化才稱得上結婚吧？」

幸繪女士又打斷榮治先生的話。

「老公，夠了。圭一的心情我很明白。我內心也曾希望媳婦繼承我們澤口家的味道，但是，那麼想或許太傲慢了……」

「妳啊……」

榮治一臉不悅地望向幸繪女士，她仍平靜地繼續說：

「不然你看看，這張餐桌簡直是地獄，每樣東西都不搭嘎不是嗎？我在嫁到你家之前也覺得蟲子什麼的很噁心，殺死或丟掉是天經地義的事。在那之前，蟲子的屍體對我的人生而言不過是垃圾，嫁進你澤口家後卻被強迫吃這東西。這樣想來，這餐桌上的東西也全都是生鮮垃圾啊。」

「妳……」

「雖然我絲毫不認為繼承了你家味道的自己做錯什麼，但這張餐桌確實是地獄。和以前不同，現在這個時代，就算是莫名其妙的食物，每個人自己吃得開心就好。再說，如果硬要融合這張餐桌上的食物，那才真的只會變成更詭異噁心的東西呢。」

「對，就是這樣，媽。」

圭一高興地說。

「不用吃同一鍋飯，我們也能理解彼此。」

「……說得也是……」

榮治先生好像還有怨言，但看到餐桌上的慘狀，似乎也放棄似的嘟噥：

「以前的想法或許已經不適用了吧。再說，就算久美小姐繼承了我們家的味道，最後你還不是只吃零食和洋芋片，那又有什麼意義……」

「就是說啊！」

圭一大喊。

「我也贊成！」

我情不自禁跟著大聲說：

「我認為『吃東西』這件事，就等於信任產出那樣食物的世界。可是，不信任也是一種誠實。要不是外子買回來，我才不吃這種東西呢。顏色這麼奇怪，吃起來又像在吃塑膠，有的聞起來還好像芳香劑。這根本就是垃圾。不過，吃這種東西的外子太好玩，我忍不住就配合他了。」

「哎呀，是這樣喔。」

「大家，要不要乾一杯？敬彼此噁心的食物！」

圭一激動地吶喊，妹妹也深深點頭。

「那我去麥當勞買薯條回來。」

妹妹正要起身，圭一制止了她。

「不用，今天我包包裡有品客洋芋片和夏威夷果巧克力，還有百事可樂。我吃那個就好。」

「果然很像圭一會吃的東西，從他小時候到現在，我們一直都為他的飲食生活煩惱，但這或許就是圭一的特色。」

所有人莫名興奮，漸漸語無倫次起來。即使如此，大家的心情卻有所共鳴。我從冰箱裡取出啤酒。

「各位，要不要喝啤酒？不能喝酒的人可以喝礦泉水，也有Happy Future的飲料喔。」

「我要喝啤酒！」

「姊，我喝水就好。」

「那請再給我一杯麥茶。」

各自拿起自己喜歡的飲料，高高舉杯。

「那麼，乾杯！」

「敬大家的噁心食物！」

氣氛迎向最高潮時，我聽見鑰匙開門的聲音。客廳門打了開，丈夫探頭進來。

「我回來了……喔，大家都還在啊。不好意思，我好像打擾你們了。」

「別這麼說，我們才叨擾了。」

圭一對丈夫低頭致意。

丈夫笑著與圭一握手，坐上我剛才坐的椅子。我走向冰箱，正打算幫他拿那水藍色飲料時，聽見丈夫的聲音：

「哎呀，多麼美妙的餐桌，請務必讓我加入大家的行列。這正可說是異文化交流啊。」

「姊夫是怎麼了？」

妹妹跑來我身邊咬耳朵。

「誰知道……」

不知道究竟吹的什麼風，我們疑惑地歪著頭時，丈夫又饒舌地說了起來：

「不是啦，其實我今天去參加了一個異業交流會，在那裡有人跟我搭話，於是就跟著去參加了另一場與『食』相關的講座，那內容非常優秀，使我人生為之轉變。飲食是至高無上的文化交流場域，每餐飯能學到的東西多不勝數。不只是攝取營養，更攝取了文化。我現在明白，今後的時代將是嶄新飲食生活的時代！」

我大概懂了，轉向妹妹悄聲說：

「我想他大概被那講座影響了。我老公他很容易受別人影響。」

丈夫總嚮往「更上一層樓的生活」，動不動就被打著這種幌子的學習會或講座欺騙。參加費愈貴的愈容易騙到他，我猜他今天也付了高額的聽講費。丈夫依然一臉陶醉地繼續往下說：

「一年有三百六十五天，以一天三餐計算，總計一年用餐一千零九十五次，這些全都是學習的機會。利用這一千零九十五次機會不斷學習異文化，這就是成功的訣竅。餐餐只吃同樣東西的人，等於一直在錯失這樣的機會啊。」

「喔……」

無視幸繪女士的困惑，丈夫伸手拿起小碟子。

「哎呀，看上去真美味。整張餐桌像是在發光呢。這塊像麵包的是什麼？」

「啊、那是魔界都市東帝拉斯的……」

妹妹急忙跑上前。

「哎呀，是久美親手作的料理嗎？這可真棒，我能吃一個嗎？」

「嗯，是可以啦，就怕不合你口……」

「不合口味也要吃。這樣的人才能豐富自己喔，久美。」

丈夫眨了眨眼，妹妹要笑不笑地坐下來。

椅子被丈夫坐走的我，在廚房裡的凳子上坐下。總覺得有點害怕靠近餐桌了。

「我第一次看到這種東西，好像很好吃！」這麼說著，丈夫在魔界都市東帝拉斯的主食麵包上抹了小毛蟲的甘露煮，再蓋上Happy Future的乾燥冷凍蔬菜，拿起圭一的百事可樂。

「看！這正可謂文化融合！這一餐不知道能讓我學到多少新文化呢！」

丈夫將麵包對折，咬下交疊得亂七八糟的食物。

「唔嘔……」

幸繪女士用手帕摀住嘴巴。

丈夫口中，有魔界都市東帝拉斯的麵包，有毛毛蟲，有Happy Future食品，還有百事可樂。我也湧上一股想吐的感覺，忍不住別開視線。

眾人鐵青著臉凝視丈夫，只有他自己一點也沒發現，依然微笑咀嚼食物。

丈夫開朗的聲音響遍屋內。安靜的屋內，礙耳的咀嚼聲縈繞鼓膜不去。

「怎麼會有這麼美妙的餐桌！太好吃啦！」

我們用看怪物的目光，注視再次咬上手中食物的丈夫。

夏夜之吻

夏天是接吻的季節，朋友菊枝這麼說過。隔著一層紗窗感受強烈的夏夜氣息，上星期剛滿七十五歲的芳子忽然想起這件事。

芳子沒有性經驗。連接吻也沒有過。和五年前過世，年紀比自己大的丈夫之間從來沒做過那件事。兩個女兒都靠人工受精生產，芳子以處女之身當上母親。女兒們都結婚了，現在芳子住在丈夫留下的家裡，盡情享受一個人輕鬆自在的生活。

除了還是處女這件事外，芳子和一般人一樣建立平凡的家庭，一樣上了年紀。即使如此，某次因緣際會下不小心透露「我沒有那方面的經驗」時，周圍的人還是很驚訝。「咦？為何？妳不是有小孩嗎？欸？人工受精？都做到這地步了，為什麼？」大家追根究柢想打探芳子的性傾向與性生活，讓她覺得很討厭，後來就決定把這件事當成祕密了。只要不說，在大家眼裡芳子就是個「普通人」。芳子認為世人的這種反應既單純，又殘酷，還很傲慢。

正準備要去洗澡時，手機響了。是住在附近的菊枝打來的。

「喂？是我。今晚要不要來我家？我妹寄來一箱桃子，好傷腦筋喔。妳不是很會作那個嗎？把水果煮過之後……」

「糖漬水果？」

「對對對，就是那個。來作那個嘛。我打工到十點，妳就那時候過來店裡，差不多再一小時。」

「別讓老人家走夜路啊……好啦，我去就是了。」

芳子和同年的菊枝是在附近社區中心參加社團時變成好朋友的。芳子並不討厭菊枝這種有點蠻橫的個性。菊枝始終單身，退休後靠年金和在住宅區中央的便利商店打工維生。她不但值夜班，還搬得動沉重的紙箱。看芳子驚訝的樣子，菊枝滿不在乎地誇耀：「我老家是務農的，這點粗活不算什麼，身體鍛鍊的程度跟一般人不一樣啦。」

走過夜晚的住宅區，來到菊枝工作的便利商店時，菊枝正好從店裡出來。

「今天不約會嗎？」

芳子這麼問，菊枝就以裝腔作勢的表情說：「傻瓜，約會是雨夜做的事啦。天氣這麼好的夜晚感覺太健全，根本不會興起在夜路旁接吻的心情哪。」

菊枝雖然沒結過婚，但非常喜歡性愛。到現在還常勾引打工地方小自己四、五十歲的男生做哪檔事。她得意洋洋地說，自己拜此之賜得了個「色情狂」的稱號，連店長都很怕她。

我們連袂走在夜路上。夜晚的住宅區，只聽聞車聲宛如潮聲迴盪，幾乎不見人影。菊枝從手上提的便利商店購物袋裡拿出什麼。

「妳要不要吃？」

是裝在塑膠盒裡的蕨餅。

「快作廢了，所以我把它買下來，冰冰的很好吃喔。」

菊枝在蕨餅上淋黑糖蜜，邊走邊把蕨餅放進口中。

「蕨餅這東西啊，很像男孩子的舌頭喔。所以我忍不住就想吃，感覺像在接吻。」

「是嗎，那我不吃了。」

芳子聳聳肩，菊枝就笑了：「哎呀，我說了不該說的話。」

我們兩人完全相反卻很相似，芳子這麼想。跟菊枝坦白自己還是處女時，她也只點點頭說「喔，是嗎」而已。

「還是給我一個吧。」

芳子伸出手，捻起一個蕨餅放進嘴裡。用牙齒扯開柔軟的蕨餅時感覺很痛快。菊枝笑著說「親得真激烈」。兩人清亮的腳步聲，在安靜的夜路上發出迴響。

兩人家庭

到病房時，不知道是不是去廁所，菊枝不在床上。床上只有女性週刊雜誌和耳機等東西散落。一邊想著「和在家時沒兩樣」一邊苦笑整理時，坐在隔壁床上的女人開口寒暄：

「您今天也來探病啊？每天都來真辛苦。」

女人約莫五十多歲，和七十歲的自己相比年輕許多。芳子瞇起眼角的魚尾紋，對女人笑笑說：

「沒事做才來的啦，一個老人自己在家是很無聊的。」

女人依然不改佩服的態度。

「這可不是誰都能做到的呢。兩位是姊妹？上了年紀才知道，有個感情好的姊妹在這種時候就很可靠了。」

「不、我們不是姊妹。不過，已經住在一起四十多年了，是一家人。」

聽芳子這麼一說，女人瞬間顯出困惑的樣子。「……哎呀，是這樣啊，是喔。」語帶含混地這麼答腔後，就不再說話了。

她大概認為我們如果不是家庭環境複雜，就是一對上了年紀的同性戀人吧。芳子這麼想。想解釋又嫌麻煩，只是微笑點個頭，就繼續回頭幫菊枝整理床鋪了。

「唷，妳來啦？」

拖著點滴架的菊枝回到病房。

「真是的，上廁所麻煩死了，傷腦筋，每次上完還得送尿液去檢查。」

發著牢騷的菊枝一屁股坐上病床。

「來，這是妳的內衣褲和毛巾，放進這邊抽屜喔。還有，妳不是一直抱怨耳機線不夠長嗎？去電器行給妳買新的來了。」

「哎呀，謝啦，不好意思呢。」

菊枝接過裝了耳機的塑膠袋，意興闌珊地打開電視。

「沒什麼好看的節目。」

拿起針織衫披在菊枝肩上，順便往她枕邊望去，看到筆記本和原子筆。

「妳又開始寫啦？」

「對啊，完成後朗讀給妳聽吧？」

「不用了，太肉麻，又不是還在念書的小女生。」

儘管臉上裝出不悅的表情，芳子內心是鬆一口氣的。

發現罹癌後，菊枝整個人徹底憔悴，還趁檢查空檔時，在那本筆記本上寫了遺書。不管芳子怎麼要她「別做那種喪氣的事」都勸不聽。

菊枝從以前就有在沮喪時寫日記或寫詩的習慣。但是，這還是第一次看她寫出內容那麼陰暗的東西。

自從知道動手術有可能痊癒後，菊枝的心情大概好多了吧，開始寫起打發時間的無聊詩作。芳子看過一次，內容不是「用我滿是皺紋的手指撫摸你襯衫下突出的骨頭，解開那白色鈕扣」就是「戴上老花眼鏡抬頭一看，你正用那漆黑眼瞳低頭看我」，都是些和性行為有關的內容，也不知道她是開玩笑還是當真。

「妳才剛來我就得去洗澡了，真抱歉，可是預約的時間到了。」

「好啦好啦，我在這邊看書等妳。一個人有辦法洗嗎？」

「我才沒那麼弱，妳很沒禮貌耶。」

皺起眉頭，菊枝請護士來取下點滴管，帶著換洗衣物和毛巾，再次走出病房。

芳子和菊枝是高中同學。高中時就約定好「三十歲還沒結婚的話，就一起生活吧！」身邊做過這種約定的女生很多，真正實行的只有她們兩人。

芳子對異性防禦心很強，菊枝的異性關係則很隨便，這樣的兩人大概一輩子都找不到結婚對象。於是，就從芳子三十歲生日那天起一起生活了。

隔年，芳子跟精子銀行買了精子，透過人工受精生下大女兒，再隔一年又生下二女兒。三十五歲時，輪到菊枝生下第三個女兒。一家五口在千葉郊外買了公寓，過著相親相愛的生活。

照顧小孩很費工夫，但她們實在太可愛了。不過，周遭總是有些閒言閒語。

「請問……山崎太太您和小島太太是合租房子嗎？就是二年二班奈奈的媽媽。」

大女兒六年級時，來家庭訪問的導師環顧客廳，坐立不安地這麼問。

「奈奈是我家老三，不管是誰生下的小孩，我們都一視同仁撫養喔。」

「……呃，這種複雜的環境會讓孩子陷入混亂吧？建議您還是好好對孩子說明清楚，是兩位單親媽媽合租房子。沒問題的！瑞穗同學很聰明，一定能明白。」

「不、我和小島菊枝就是一家人，一起公平撫養兩人生下的三個孩子，這有什麼問題嗎？」

級任導師臉上交替浮現「抽到下下籤了，怎麼會有這麼麻煩的學生」和「這樣下去真的好嗎」的表情，含混其詞說著：「……這樣啊……也是啦，家庭的形式有很多種……再說，瑞穗同學成績也很好……」

大女兒從補習班回來後，把家庭訪問的事跟她說了。「喔，那個老師就是所謂的『普通人』啊，世人的反應大多像她那樣吧。」女兒的回答倒是很冷靜。

「妳在學校有沒有被說什麼？有任何事都要找我們商量喔，知道嗎？」

芳子擔心追問，大女兒卻似乎不以為意，只用莫名老成的語氣說：「芳子媽媽，妳怎麼會期待世人理解我們家呢？只要我們自己覺得沒問題不就好了嗎？要是不這麼想，今後的日子怎麼過得下去？」

也有朋友跑來問「其實妳們是同性戀吧」或「老實說，是不是因為沒錢才一起租房子」。芳子心想，妳們這些人年輕時一定也說過「等老了之後如果沒有對象就一起生活」的話吧。真想揍這些人一頓。

也曾因為擔心給孩子造成負擔，夜裡不出聲地偷哭過。儘管菊枝不改強硬態度，嘴上總是說「有兩個媽媽豈不是最棒的家庭環境嗎？孩子們一定很高興啦」，其實，她偶爾也會在筆記本裡寫下喪氣話，這個芳子很清楚。

這四十年一路走來，兩人互相激勵，互相扶持。三姊妹感情也很好，大女兒結婚後，因為丈夫工作關係搬到大分縣，生了兩個小孩。二女兒留學法國，學的是翻譯。三女兒大學畢業後，直接在京都找到工作。三個孩子各自過著屬於自己的幸福生活。

將菊枝生病的事通知孩子時，大女兒說「我回去住一陣子吧，不只菊枝媽媽，我也擔心芳子媽媽」，兩人只是告訴她「不用啦，妳孩子還小，別勉強回來。雖然是癌症，只要動手術就會好，跟盲腸炎差不多」。愛哭鬼二女兒立刻就想飛回來，也用「機票錢比住院費還貴」為理由勸服了她。三女兒週末搭新幹線回來探望後，又匆匆忙忙趕回京都了。

「結果還是只有我們兩個。」

不知是否陷入悲觀，三女兒為了趕最後一班新幹線匆匆離去後，菊枝在病房裡這麼嘟囔。

「一直都只有我們兩個不是嗎？家人就是這麼回事啊，孩子們翅膀硬了，總要飛出去的。」

說這話的本意是想鼓勵她，那之後菊枝卻寫到一本筆記本不夠用，還買了第二本。可能真的很沮喪吧。

菊枝戀愛經驗豐富，一直都有男朋友。然而，自從得知她罹癌，小十五歲的男友好像就音訊不通了。這事或許讓菊枝更加失意。

「久等了。哎呀，洗完真舒爽。」

菊枝擦著頭髮走回來。

「在這裡真是無聊死了，唯一的樂趣只有去逛福利社。」

「沒在醫院裡看到不錯的對象嗎？這不是妳最擅長的？」

菊枝皺起眉頭：「我對快死掉的人沒興趣。」之後又紅著臉說：「不過，隔壁棟的外科病房有個人倒是不錯。」

「看來妳狀況恢復了嘛，很好啊，外科的話，半夜潛入對方病房如何？」

「我也想啊，可是只在大廳聊過天，不知道人家住哪間病房。欸，妳能不能去樓下福利社幫我買口紅？」

菊枝這麼說，心情好像不錯。芳子用吹風機幫她吹乾頭髮。這麼一看才發現，向來以一頭豐盈黑髮自豪的菊枝增添了不少白髮，頭頂的髮量也變稀疏了。

「知道了，口紅是吧。」

「對對對，還有啊，手術日期決定了，就是下星期。」

「……這樣啊。」

「因為是平日，就別通知孩子們了好嗎？尤其是瑞穗，那孩子責任感強，要是一跟她說，她一定會硬跑來。我才不想那樣呢，哭哭啼啼的多難受。」

「好啦。」

一邊點頭，芳子一邊想，自己對菊枝來說又算什麼？如果就這樣失去菊枝，自己將如何是好。

父母早已過世，孩子們也各自走上自己的人生道路。忽然覺得，菊枝生病住院，受打擊最大的說不定是自己。

「啊，也幫我再買一本筆記本好嗎？現在這本快寫完了。」

菊枝看起來很開心。明明原本那麼沮喪的，現在卻滿腦子只想寫那些無聊的詩。

「真是的，不要亂浪費紙張啦。」

為了揮去感傷，芳子故意大聲這麼說。菊枝拿起筆記本促狹地說：「要不要讀讀我的最新作品？」

「還是不要好了。妳那些詩簡直像廉價的色情小說。」

「說不定也有獻給妳的詩啊。」

「那種東西我更不想讀了。」

「嘴巴別老是那麼壞……哎呀，妳看。」

菊枝指向窗外，不明就裡的芳子往外一看，原來是下雪了。

「把這個也寫成詩吧。為我吹乾濕髮的家人的手與對岸的雪景……」

「好廉價的詩喔。」

說著，芳子也關掉吹風機，望著翩翩落下的雪出神。

「我們如果沒有一起生活的話，人生不知道會變怎樣。」

「誰知道呢。不過一定還是一樣啦，說些無聊的話，為了可恨的小事爭執，即使如此日子還是過得去。」

「嗯，說得也是。」

住在一起這件事，對我們而言產生了什麼呢。雖然不知道，但芳子決定菊枝若是死了，就由自己擔任喪主。不是菊枝至今任何一任戀人，就是自己，唯有這件事是肯定的。

「雪再這樣積下去，回家掃雪就麻煩囉。」

「是啊，所以妳趕快回去吧。」

嘴上說得無情，聲音卻有一點沙啞。大概是被菊枝聽出來了吧，只見她笑著說：

「我很快就回家了啦。那是我們的家啊，怎能讓妳一個人想怎樣就怎樣。」

雪下得愈來愈大，窗外已是一片雪白。「好美喔。」菊枝這麼說著，像個孩子似的朝窗外探身。就在這時，藍色的筆記本從滿是皺紋的手中不小心滑落，像長了翅膀似的，翩翩降落床底。

大星星時間

有個小女孩，跟著爸爸一起搬家，來到遙遠國度裡的一個小城市。因為爸爸工作的關係，今後要在這裡住下來。「這個國家有點奇怪」，爸爸這麼對女孩說。

「這裡的人都不睡覺喔。」

「那晚上怎麼辦？」

「就算天色變暗，天也不會黑。所以隨時都能在外面散步。」

女孩有點高興。因為她覺得，時間那麼晚了還能在外面散步，感覺就像長大了一樣，是一件很棒的事。

「可是，大家不會睏嗎？」

「有魔法的沙子從懸崖的另一邊飛到這個城市來，在魔法的力量下，大家都不用睡覺喔。」

在這個城市的生活很不可思議。太陽一出來照亮藍天，大家就露出厭惡的表情說「大星星出來了」，紛紛回家去。太陽下山後是「小星星時間」，這時街上才熱鬧起來。城裡的人都說，大星星太近，光線又太強烈，既熱又刺眼，所以大家不喜歡。一到「小星星時間」，零食店和玩具店裡都會擠滿小孩子。跟爸爸說的一樣，不管經過多久都不會睏。女孩開始趁人少的「大星星時間」去散步。玩具店和零食店都還沒什麼人，她很喜歡這段被光籠罩的時間。

某天，女孩在公園裡看到一個男孩。「你不覺得大星星很刺眼嗎？」女孩這麼問坐在長椅上看書的男孩。

「一點也不刺眼啊。我比較喜歡這個時段，整個城市散發白色光芒。」

聽男孩這麼一說，女孩環顧街景。確實如男孩所說，無論是公園溜滑梯還是對面的建築物、道路，在大星星的光線反射下，散發出白色的光芒。女孩不服氣地說：

「我也不覺得刺眼啊。住在上一個城市時，一直生活在這樣的光中。」

「欸？妳從其他國家來的嗎？好棒喔，妳該不會『睡著』過吧？」

「有啊。」

「好好喔，『睡著』是什麼感覺？」

「我可以教你啊，很簡單。只要閉上眼睛，馬上就會睡著喔。還能看見色彩繽紛的夢境。」

女孩和男孩一起坐在長椅上，閉起眼睛。但是，不管過多久，都無法像從前那樣墜入睡眠的世界。

「你技術太差了，所以才不行啦。對了，不如直接離開這城市，去遙遠的地方吧。這麼一來，一定能睡著。」

男孩露出為難的神色。

「妳不知道嗎?只要在這個城市住過，就一輩子都睡不著了喔。」

女孩感到驚訝。

「中了一次魔法，就一輩子都解不開了。大人都說這樣很方便，我卻一直想睡著看看。」

女孩哭了出來。男孩拚命安慰她，於是她對男孩說：

「長大以後，我們一起昏迷吧。」

「『昏迷』是什麼?」

「和睡著一模一樣的事喔。我們要一起去做件非常驚人的事，然後就能一起昏迷了。」

男孩點點頭：「好啊。」

「總有一天，一起昏迷吧。」

男孩摘了公園裡的白花送她。女孩心想，如果能和男孩一起昏迷一定很棒。即使如此，眼淚還是停不下來。大星星發出白色的光，照耀著他倆。

波吉

「妳今天可以代替我去餵飼料嗎？」

優希說老師請她去做值日生的工作，所以這麼拜託我。

「好啊。」

我立刻點頭，優希像是放下一顆心似的說：

「謝謝，這邊提早結束的話，我也會馬上過去。」

優希很認真，輪到她餵飼料時一次都沒偷懶過。不像我有時要練鋼琴，有時要幫媽媽跑腿，總是有各種理由請優希代替我去餵。所以，今天優希拜託我，我很高興。

放學後，我馬上朝學校後山跑去。

後山一間小木屋裡，有我和優希祕密飼養的寵物。現在我的包包裡，放著三個營養午餐吃剩的熱狗餐包。

波吉在那乖乖等著我。

「抱歉波吉，你肚子餓了吧？」

波吉緩緩轉頭，壞掉眼鏡下的雙眼緊盯我手上的餐包。

波吉是從哪裡來的，我並不知道。某天，優希說：

「我在後山偷養了寵物，瑞穗要不要也來看？」

當她這麼說時，我內心雀躍不已。優希平時沉默寡言，不太講自己的事。我總覺得優希和班上其他同學有點不一樣。她活在自己的世界，無論是我們其他人還是老師，她都用冷靜的眼光看待。老實說，我暗中崇拜著這樣的優希。

這樣的優希，竟然只把祕密告訴我，這令我幸福得甜滋滋。

優希說：

「這就是波吉。」

把和爸爸年紀差不多的大叔從小木屋裡帶出來時，我不禁暗自詫異。

「優希，這是？妳養的？」

「嗯。很可愛吧？」

看著低下頭讓優希撫摸頭髮的中年男子，我內心掠過一陣恐懼。

「是不是該用項圈鍊起來比較好？」

倉促之間，我這麼脫口而出。之所以這麼提議，是因為害怕這危險的寵物對我們造成危害，不管怎樣，還是先拴起來比較好。

聽了我的提議，優希點頭贊成。

「對耶，畢竟是寵物嘛。不愧是瑞穗，我就完全沒想到要這麼做。」

再次見到波吉時，他的脖子上戴著紅色項圈。

項圈並未連結鐵鍊，這樣豈不是一點意義都沒有嗎？儘管這麼想，因為優希看起來很高興的樣子，我怎麼也說不出口。

「選的是紅色的項圈，很像瑞穗最喜歡的那件洋裝吧？」

「我的洋裝……？」

「嗯！因為這是我和瑞穗的寵物啊。」

見優希露出難得的微笑，我腦中所有關於「危險」的詞彙都飛走了。

優希為寶貝寵物選用的，是我的顏色。我興奮得臉都紅了。

「謝謝妳，優希。項圈好可愛喔，很適合他。」

我戰戰兢兢靠近「波吉」，摸摸他的頭。波吉身上散發野獸的氣味，頭頂露出的蒼白皮膚摸起來油膩膩的。

波吉吃完我給的餐包時，門上傳來敲門聲。

「瑞穗，在嗎？」

優希揹著書包進來，可見她做完值日生的工作就直接趕來了。

「波吉，過來，我帶牛奶給你囉。」

優希從書包裡拿出牛奶瓶。

波吉看上去很開心，但也有點躊躇地盯著優希拿出的牛奶瓶。

「怎麼啦？這是波吉的喔，可以喝喔。」

幫波吉把牛奶倒進盤子裡，波吉才高興地喝起來。

「波吉今天很會吃唷。」

優希摸摸波吉的頭。

「剛才他吃了三個餐包呢。」

「這樣啊。波吉，你肚子餓了是嗎？」

我猶豫著是否該摸波吉的頭。波吉雖然有他可愛的地方，但摸起來有點噁心。優希倒是毫不介意，一再撫摸波吉的頭髮和鬍碴。

每天早上，我和優希會在上學前一小時集合，然後前往後山。

明明沒有綁住他，波吉卻從未逃離。他一直乖乖待在那裡等我們。

波吉像狗一樣趴在地上，只有吃飼料時才用手。這令我安心了些。

我和優希手牽手打開窩藏波吉的小木屋門時，他總是手腳著地趴在那裡，用溼潤的眼睛望向我們。

幾乎沒聽過波吉叫，只除了偶爾會喊：

「兩點以前給我完成——」

在我們飼養波吉之前，或許有誰經常這樣命令他吧。

我問過優希，波吉是在哪撿到的。優希說是「大手町」[4]。

「我一個人去參加補習班舉辦的考試，地點在大手町。在那裡遇到迷路的波吉，就把他帶回來，餵他吃東西，結果他就跟著我了。當時，我腦中浮現瑞穗的臉，心想如果能跟妳一起養，一定會養得很可愛。」

說不定現在還有人在大手町尋找走失的波吉。但是，就算其他人或飼主找上門來，我和優希也決定將這個祕密保守到底。波吉是這麼依賴我們，比起大手町，他肯定更喜歡住在學校後山的生活。

某天，我們去餵波吉時，發現小木屋的門是開著的。

「波吉？」

優希邊喊波吉的名字，邊衝進小木屋內。

屋裡有很大的鞋印，卻不見波吉的身影。

「波吉？波吉？」

「這鞋印會不會是『大手町』的？」

我仔細端詳鞋印後這麼說。優希鐵青了臉：「怎麼會……」

「波吉難道回大手町了嗎？」

正想伸手抱緊垂頭喪氣的優希時，屋外傳來聲響。

「波吉！」

優希甩開我的手，朝小木屋外飛奔。

波吉就蜷縮在那裡。

「波吉！太好了，太好了！」

優希抱住波吉，撫摸他的頭和背。

---

4. 位於日本東京的商務區，有很多辦公大樓。

波吉大概躲過了大手町的追蹤，頭上和西裝上沾滿葉子。

「兩點以前給我完成——」

波吉低聲這麼叫完，就在優希懷抱裡閉上眼睛。

魔法身體

瑠璃和橋本誌穗竟然這麼要好，真令人意外。亞希和美穗這麼說。

「雖然知道妳們參加同個社團，但根本是完全不同型的女生吧？」

國中二年級生的教室裡，有身體已經豐滿渾圓，開始呈現成熟「女人」曲線的女孩，也有身材輪廓大致上還維持小學生樣貌，體型如少年一般的女孩。

或許因為一頭長及胸部下方的直順黑髮，又或者因為長得太快的身高，也可能和那老是被說太大的胸部有關，總之，我經常被誤認為高中生，有時甚至被當成大學生。朋友們也都說我「很成熟」。這樣的我，和就算揹小學生書包也看不出哪裡奇怪的誌穗走在一起，可能真的顯得格格不入又引人注目吧。

誌穗個子嬌小，外表還很稚嫩，是個看上去文靜乖巧的女生。彷彿從入學後就沒成長過似的，身上的水手服對她來說還太大件，只要一抬起手臂，就能從短袖制服袖口窺見白皙的腋下。她總是坐在教室一角，和同樣文靜乖巧的五十嵐同學或佐佐木同學聊天，不然就是坐在課桌旁自己靜靜看書。

我則和亞希及美穗一樣，都是給人「走在前面」感覺的女生。或許因為這樣，她們才以為我和誌穗應該合不來吧。所謂的「走在前面」是指什麼呢，確實班上同學經常這麼說我，亞希和美穗也從未對此有過質疑。我卻經常想，「所謂的走在前面，是要往哪走呢？」外表比班上其他女生成熟，熟悉時尚和化妝，像亞希那樣跟已經上高中的學長交往，或是像美穗那樣搭大學生家教的車出去玩到半夜才回家。這就是「走在前面」的意思嗎？我總覺得，這個字眼聽起來好幼稚。

借用大家的話來說，這間教室裡最「走在前面」的人，其實說不定是誌穗。雖然只有我知道，但誌穗小學一年級就交了男朋友，四年級接吻，國一那年夏天就自願和對方發生關係了。不過，我並不是因為誌穗有那種經驗才認為她是大人。就算沒發生這些事，我大概還是會認為誌穗已經是大人了吧。誌穗的目的地不是大家一窩蜂想「前進」的地方，她也不會用別人說的話或別人的價值觀來表現自己的身體及欲望。誌穗總是仔細面對自己的身體，我最嚮往誌穗的也就是這一點。

第一次聽誌穗提到性愛的事，是國一那年冬天。

放學後，我經常和誌穗在社團教室獨處。我們參加的美術社分成油畫組和水彩組，選擇畫油畫的只有我和誌穗。因為油畫畫具太貴或看起來很難等理由，大家都選擇了水彩。水彩組在第二美術教室作畫，第一美術教室只有我和誌穗。默默動筆好像也很尷尬，於是我自己跟她搭話，就這樣慢慢熟稔起來。

誌穗和在教室裡一樣文靜老實，不管聊什麼話題，她都不會亂開玩笑，總是仔細想過才回答，和她聊天很開心。國一剛放完寒假那陣子，我們聊到戀愛話題，聽誌穗說她和男生發生過關係時，我真的非常吃驚。國一就有性經驗，就我看來是太早了點。更何況，如果是成熟愛玩的女生也就罷了，像誌穗這樣看似文靜稚嫩的女生竟然已有經驗，實在有點教人難以置信。一時之間，我還擔心起誌穗是不是被有蘿莉愛好的變態男人欺騙了呢。

「不是那樣的啦，我是自願和他做的，所以沒問題。」

「欸……可是，對方那男的幾歲啊？妳不會被騙了吧？」

「對方喔，是跟我同年紀的男生。是我的堂兄弟啦。接吻和做愛都是我主動，當然，我不會做出讓陽太……啊、陽太就是他的名字，我不會做出讓他害怕的事。」

「是誌穗主動的？為、為什麼？」

「嗯……很難解釋清楚……在知道那就是做愛前，其實我沒想太多。抱在一起的時候，忽然很想進入他的皮膚裡面，就只是這樣而已。」

我傻傻望著看似連初潮都還沒來的誌穗未發育成熟的身體，實在怎麼也無法相信她說的話。直到和她深入聊過之後，才知道誌穗做那件事既不是為了配合男生的性慾，也不是出於好奇心，更不是「想比別人更快長大」的自我意識驅使，真的只是單純發情而已。

誌穗和男朋友只有中元假期才能見面。每年一放中元假期，家族親戚都會聚集回鄉下老家，將近十人的堂兄弟姊妹一起玩煙火，吃西瓜。聽誌穗說，他們兩人從小約定要結婚，也曾一起偷偷跑出家門，在倉庫裡探險，或在奶奶的田畝上手牽手散步。

誌穗家在東京，那個男生則住在奶奶家附近，距離很遠，平時想單獨見面很難。只有中元假期能見面，所以總是盡情享受一起度過的時光。小學四年級的中元假期，兩人在老家屋頂下的閣樓接吻，去年中元假期則在倉庫裡做愛了。看誌穗說的若無其事，我可是震撼不已。

原本以為接吻和做愛是更下流的事。可是，聽誌穗說了之後，我開始覺得那是非常純真無邪的事。

升上二年級後，班上的亞希和隔壁班的女生嚷嚷著自己被學長親了。話雖如此，我認為她們體驗到的接吻，和誌穗的完全是兩回事。

渴望進入誰的皮膚裡面什麼的，我根本沒想過那種事。其他女生和男生的接吻，看起來也不像擁有這麼確定的欲望。我總覺得，她們只是想把「被男生親了的自己」視為「走在前面」的大人而已。

誌穗一次也沒說過自己「被親了」。對誌穗來說，接吻是出於自願做的事。

要是聽到誌穗說的這些事，大人們說不定會大驚小怪，認為她做了離經叛道的事。但在我看來，她只不過是忠於自己的身體。誌穗的性行為，是好好仔細審視過自己的欲望，和自己的身體展開對話後，在真心尊重對方的情形下發生的事。所以，誌穗的吻不是複製誰做過的「下流事」，那是屬於她自己的東西。

我並沒幼稚到認為提早擁有性經驗才叫成熟。只是，我強烈希望自己也能像誌穗一樣誠實面對自己的發情。

今天是萬里無雲的晴天。老師帶著水彩組的社團成員去附近公園寫生了，隔壁第二美術教室連個人都沒有，比平常更安靜。

「噯、誌穗，妳接吻時也會把舌頭伸進去嗎？」

我一邊調紅色顏料，一邊沒來由的這麼一問，誌穗就停下筆來，發出無邪的笑聲。

「瑠璃，那種事妳聽誰說的？」

「昨天美穗跟亞希說的。」

我覺得壓低聲音回應的自己非常幼稚。

關於接吻與性愛，我只有健康教育課上獲得的知識。或許因為受到誌穗的影響，我不太喜歡用猥褻的詞彙形容那些事，每次大家開始聊那些，我都無法融入。亞希她們總說「因為瑠璃討厭黃色話題」。

當朋友們問「噯、瑠璃，妳知道嗎——？」硬是要聊那些「黃色話題」時，我都也盡可能打斷不聽，大概出於這個緣故，直到昨天我才知道，原來接吻會用到舌頭。亞希和美穗捧腹大笑，「咦？瑠璃，妳連這都不知道喔？」

「聽說接吻時，舌頭也有各種技巧喔！」

「學長原本也想那樣親我，但親到一半我覺得太噁心就跑掉了。學長雖然帥，那種事太像A片了嘛！」

「對啊，上次在亞希家上網看的影片也好色喔……」

看著聊這些猥褻話題的她們，我覺得好危險。

她們或許比誌穗知道更多刺激又踰矩的事。

可是，亞希和美穗口中的，只是某個人做過的「下流事」。我覺得她們並沒有好好培育自己身體裡的下流成分，才會輕易就被別人的「下流事」吞沒。話雖如此，到了這個年紀還不懂那檔事，是不是又太幼稚了呢。要是沒有知識也難以防禦，正因如此性教育才如此重要啊，媽媽如是說。所以，雖然學校有健康教育課，世界上好像還是有許多光靠那個無法學到的「情色」。

「我連這種事都不知道，會很奇怪嗎？」

「才不奇怪呢。再說，到底要怎麼接吻，直到接吻的當下都不會知道啊。我和陽太接吻時，根本不知道大人會做那種事。只是剛好覺得自己想那麼做，所以就接吻了而已。」

「不是先有知識，然後才那樣接吻的嗎？」

誌穗搖搖頭笑了。

「不是喔。我們只是用自己的方式接吻了。後來從書本中得知別人也會做一樣的事時，我還鬆了一口氣呢。同時也有點失望，因為原本還以為那是我跟陽太自己發明的呢。」

「為什麼會想做那種事，誌穗也不知道嗎？」

「嗯，起初只是互相舔對方的臉頰。因為很柔軟，看起來很好吃的樣子。舔著舔著，我忽然想進入陽太體內，想進到他的皮膚底下，就舔了他的眼瞼。陽太嚇一跳，呆呆張著嘴巴，我就把舌頭伸進去了。雖然他很驚訝，但聽完我的說明後，就說沒關係了。

陽太的皮膚曬得很黑，也比我的厚實。我很喜歡他皮膚舔起來的觸感，但他嘴巴裡的感覺又不一樣。一開始我舔了下唇內側，非常柔軟，像是小嬰兒。我心想，原來人類的內臟這麼柔軟啊。

我想品嚐更多陽太內側的味道，舌頭移到牙齒後方，嚐到了一點血腥味。陽太有口內炎，那裡破了個小洞。我輕輕用舌頭撫摸那裡，不讓他感到疼痛。陽太的身體內側錯綜複雜，不管舔再久也不會膩。不斷有水分從陽太體內湧出，嘴裡一片溼潤。他的牙齦堅硬，舌根有凹凸不平的血管。只要一想到自己正在陽太的內臟裡，我就好高興好高興。

原來陽太那結實的皮膚底下是這麼的柔軟，我一直舔一直舔，陽太就笑著說好癢。

我總覺得，誌穗說的事，和亞希及美穗口中「色情又需要技巧的接吻」有很大的不同。

「哪天我也會對誰產生一樣的心情嗎……」

「一定會的啦，瑠璃這麼成熟。」

我很驚訝。

「咦？可是，亞希她們都說我幼稚耶，她們每次都說，瑠璃什麼都不懂。」

「我認為瑠璃只是很尊重『不懂』這件事而已啊。雖然我也認為好好討論下流事很重要，但那只要跟真正重要的人討論就夠了吧。就像我也只跟陽太和瑠璃討論一樣。因為我總覺得，要是跟太多人說了，就算發生接吻的事實，也無法好好創造出屬於自己的吻。瑠璃妳不是不懂，而是想活得自由自在吧。」

誌穗這番話讓我安心許多。我略帶緊張地吞了口口水，輕聲開口：

「……那個啊，雖然沒跟誌穗說過，以前我曾做過一個夢。」

「夢？」

「一個不可思議的夢。小學五年級的時候，差不多是來月經沒多久後的事吧。我鑽進媽媽剛曬好，還有陽光氣息的棉被裡睡著了。那時，做了一個漂浮在輕飄飄泡泡裡的夢。」

誌穗一臉認真看著我。平常這種時候她不會停下動筆的手，今天卻把筆放在調色盤上。

「不知為何，有種坐立不安的感覺，心想到底怎麼回事呢，那些泡泡就同時破掉了。當下，感覺像是全身血管緊緊收縮，好像泡泡真的在體內迸開似的，我嚇了一跳，就這麼醒來了。明明是夢，全身上下卻還留著舒服的感覺，但是又很暢快。那到底是怎麼回事呢，我到現在還想不通。去圖書館查也查不到。」

誌穗想了一會兒說：「那大概跟男生夢遺是一樣的意思吧。」

「夢遺？女生也會嗎？」

「我聽說好像是會。忘了在哪本小說裡讀到的，妳這體驗好棒喔。」

「誌穗不曾有過這種體驗嗎？」

誌穗搖搖頭。

「因為我會自己做，有過像妳說的那樣身體迸開的感覺，但不是在夢裡。」

「這樣啊。」

我在調色盤上調紅色顏料，又問：

「自己做是什麼感覺？可以告訴我嗎？」

「因為是瑠璃，所以沒關係。怎麼說呢，那是一種非常無瑕的感覺。」

「無瑕？」

「很難解釋，身體變得像小孩子一樣天真無邪，感覺很舒服，那種感覺在體內迸裂。結束之後，整個人輕飄飄的，雖然很累但很舒服，總覺得有股安心感，然後就會想睡覺。」

誌穗說的，和我在夢中的體驗很類似，聽起來卻像童話故事般不可思議。

聽見老師的腳步聲，我們趕緊拿起畫筆。

誌穗拿著夏天拍的照片，畫下上面的鄉村風景。我畫不好放在桌上的塑膠蘋果，一直在調色盤上調紅色顏料。

上完游泳課的教室裡，濕度往往比平常高。垂在胸前的黑髮因為吸過泳池的水，散發淡淡次氯酸鈣消毒劑的氣味。

第四堂課是英文自習。倦怠的浮游感讓我有點睏，恍惚中隱約聽見亞希和美穗跟男生們一邊寫講義一邊談笑的聲音。

忽然，男生裡最輕佻的岡崎大聲這麼說：

「問妳們喔——女生也會ＤＩＹ嗎？」

「說什麼ＤＩＹ，哈哈哈，岡崎！你很糟糕！」

岡崎做出打手槍的手勢，周圍的男生一陣爆笑，岡崎嘻皮笑臉說：「可是A片裡的女生不是都會那麼做嗎！」

「岡崎，你噁心死了！我們怎麼可能做那種事。」

亞希紅著臉大喊，把揉成一團的英文講義丟到岡崎背上。

「說得也是啦。不過，像瀨戶那種『走在前面』的，應該有男朋友調教吧？」

「我懂！瀨戶看起來就很色！」

聽見自己的名字，我耳根發燙。要是平常早就狠狠回嘴了，現在卻因想起昨天和誌穗聊過的話題，一時之間動彈不得。

是不是那番話被誰聽見了？男生們在背地裡偷笑？說我竟然會講那種話，一定是個不正經的女生，所以故意取笑我，想看我有什麼反應？這些念頭紛至沓來，我好想逃跑。

說不出話來，只能一心期盼他們快點結束這話題。忽然，有人小聲喊了「岡崎同學」。

原本跪坐在課桌上的岡崎轉頭，站在他面前的是嬌小的誌穗。

「岡崎同學，拿去，這是教室日誌，剛才老師要我交給你的。你今天輪值日生吧？老師要你重寫。」

「啊、喔。」

原本熱烈聊著「黃色話題」的小圈圈，一看見外表還像個孩子的誌穗，男生們也不知所措了。

誌穗吸口氣，依然將手裡的日誌朝岡崎遞去，嘴上開始像唸經似地低喃：

「……我們的歡愉是我們的歡愉，你們的歡愉是你們的歡愉，我們發現了我們自己的歡愉，歡愉不會背叛，我們不會背叛我們自己的身體……」

這段沒有抑揚頓挫的喃喃低語不是要說給任何人聽，真的就像咒語似的。誌穗緊握手中的黑皮日誌，看上去就像魔法書。

幾乎沒跟男生交談過的誌穗忽然這樣小聲低喃了什麼，大家一時之間好像也聽不清楚，只見眾人面面相覷，發出「欸？什麼、什麼？」的聲音。

誌穗的聲音雖然小，我卻聽得一清二楚。她也沒有重說一次，只是微笑說「給你」，把日誌交給岡崎後，就低著頭回到自己座位，開始寫英文講義了。

「欸？什麼啊？她剛說什麼？」

「我也沒聽清楚。什麼你們怎樣、我們怎樣的……？還有聽到什麼身體怎樣……」

「我也沒聽懂，總之是要大家別聊黃色話題的意思？都是你啦岡崎，連橋本同學都被你惹生氣了，笨蛋！」

亞希也說：「就是嘛！男生都這樣！瑠璃也被你們嚇跑了啦。」

大家像是鬆了口氣，重新聊起黃色話題。用著大量膚淺的詞彙，以非常粗俗的方式分享自己的知識和經驗。每次亞希和美穗都會愉快地高聲尖叫「討厭啦！」「真的噁心死了！」，引起哄堂大笑。大家就像這樣開始嘲笑起自己的性。

誌穗絕對不會這麼做。我凝視著頭也不抬，一直在英文講義上寫字的誌穗。

一到午休，大家開始準備吃便當時，我站起來抓住誌穗手臂，把她拉到陽台上。

「怎麼了？瑠璃？午休要開始了唷。」

關上落地窗，陽台上只剩我們兩人，誌穗疑惑地看著我。

「誌穗，聽我說，剛才我覺得自己好丟臉，而這件事又讓我覺得好可恥。所以，誌穗願意跟我來真是太好了。」

誌穗像是放下一顆心，臉上露出笑容。

「跟妳說喔，其實我也是。剛才，我也覺得大家好像在笑我。對自己而言那麼重要的事，卻被大家當成笑話，好像要就此毀壞了。所以，我說的那串是魔法咒語。我的聲音小，不管是岡崎同學還是其他人一定都聽不到，但我無論如何也想說出口。因為我很不安，必須藉此告訴自己，我說得出口，在我心中那不是什麼可恥的事。那是用來守護自己世界的魔法咒語喔。」

誌穗不知所措地低下頭。

「不那麼做的話，我好像會被吞沒。我也和瑠璃一樣喔。」

穿著太寬鬆的制服，低著頭的誌穗身材好嬌小。我一直認為她是成熟的大人了，眼前的誌穗卻是如此柔弱無依。我摟住誌穗小小的身體。

纖細的誌穗比我矮多了，整個人縮在我懷中。把臉埋進我胸口，誌穗發出疑惑的聲音：「瑠璃，妳怎麼了？」

抱著誌穗的我的黑髮，和她的頭髮糾纏在一起。頭髮上的游泳池水幾乎全乾了，但仍殘留輕微的消毒劑氣味。

抱著誌穗那尚未發育，還沒有女人渾圓輪廓，宛如少年一般的身體，我低聲說：「誌穗，謝謝妳。」

我們還危疑不定。所以，當聽見強大的話語或面對支配世界的大人所建立的價值觀時，我們輕易就會受影響。必須一次又一次誦唸那咒語，讓自己的身體始終屬於自己才行。這一定會是非常不容易的事，但若不這麼做，我們重要的世界就會遭破壞。我用力抱緊誌穗，以開朗的語氣說：

「是蟬聲，就快放暑假了。」

聽到我這麼說，誌穗的臉瞬間發亮，從我懷中跳起來。

「對耶！暑假怎麼還不快來，好期待喔。」

今年夏天，誌穗一定也會回鄉下老家，和她的戀人見面。在那裡，誌穗將和她最愛的男生做愛。這件事讓我感到非常幸福，這麼想著，我把臉埋進誌穗柔軟的髮絲中。

那天晚上，結束社團活動的我，一回家就脫下制服，鑽進棉被。

媽媽去打工，今天會比較晚回來，桌上放有包了保鮮膜的晚餐。肚子雖然餓，我卻有件事想嘗試。我想親自動手讓那時「夢」中的現象再次發生。

回溯夢中的情景，我閉上眼睛。想像當時夢中的泡泡，記憶立刻起了反應，身體裡有什麼隱隱蠢動。

傾聽身體的聲音，隔著皮膚觸摸起了反應的細胞。腳踝的阿基里斯腱、耳垂背面、膝蓋後方、脖子的血管。細胞一點一點顫動，體內彷彿出現星星碎片集合成的東西，東一塊西一塊的閃閃翕動。

跟隨著那星星碎片的集合體，右腳捲起毛毯用力。星星碎片的集合體顫抖、發光、搖晃著配合我右腳的動作，逐漸隆起。

我漂浮在自己的皮膚之中。原本以為自己身體裡只有血液與內臟，沒想到竟然會產生這種宛如魔法星星碎片的集合體。有生以來第一次發現，原來自己體內有個如此遼闊的地方。

啊、迸裂了。這麼一想的瞬間，無數光點在體內發散。那些魔法微粒一口氣從全身蒸發。我幾乎以為要看見光點飛出身體了，微微掀開眼皮，只看見隨夜風搖擺的窗簾。

夜晚的氣息緩緩攪亂屋內的空氣。披散在床單上的黑髮比平常粗糙了些。我恍惚地想，對了，今天白天游過泳。

一股和白天從泳池起身後相同的倦怠感包圍身體，感覺像浮在風中搖盪。我任憑身體隨風晃盪，開始打起盹來。

不經意望向指尖，放學後畫油畫時用的紅色顏料沾在拇指的指甲前端。我在半夢半醒間，看著那抹像是非常純潔的指甲油染紅了我，就這麼緩緩落入睡夢中。

風之戀人

奈緒子喚我風太。因為我經常隨風搖曳。也因為風老是吹得我整個身體鼓起來。

我是奈緒子小學一年級時，被她父親崇先生掛在這屋子裡的。用銀色掛勾將我固定完畢後，崇先生心滿意足地摸摸奈緒子的頭。

「看，是奈緒子喜歡的水藍色。很漂亮吧。」

「粉紅色比較好。水藍色的話，窗外連晚上也好像還是一片藍天。」

雖然奈緒子嘟著嘴這麼說，她的眼睛卻一直追隨我那彷彿將藍天稀釋再稀釋的淡淡水藍。

我負責遮住房裡右側那扇窗戶。窗外有白色的陽台，後面還看得到庭院。等同我雙胞胎兄弟的另外一片布只說了句「好吧，再來就只能掛在這裡直到被風吹髒」，說完就睡著了。我一點也不想睡，好奇心十足地環顧屋內，觀察奈緒子及奈緒子房間裡粉紅色的抱枕與乾淨得發亮的書桌。

奈緒子似乎也知道我醒著，只為我取了「風太」這個名字。

隔天一早，奈緒子揹著紅色書包上學去了。不久，奈緒子的媽媽和美女士進來打掃房間。一邊說「得通風換氣才行」，一邊將我身後的玻璃窗打開。

奈緒子回來前，隨風飄盪的我像在房間裡泅泳。

奈緒子一從學校回來，會立刻喊著「好冷」，並把窗戶關上。書包還來不及放下就把臉埋進我之中說「風太，我回來了」。

儘管取了風太這個名字，我卻最討厭風了。冬天的風太冷，夏天的風又太溫吞，當風撫遍我全身時，只覺得一陣噁心。怕冷的奈緒子動不動就關窗戶，對我來說倒是值得慶幸。

入夜後，奈緒子會在不開燈的房間裡靜靜抱住我，把臉湊上來。

昏暗的房間裡，我聽著奈緒子喊「風太」，讓她用雙臂緊緊摟住我。遇到傷心事的時候，奈緒子總是這樣擁抱我。

由紀夫第一次到這個房間來，是我剛滿十一歲的時候。奈緒子時常忘記關紗窗，這麼一來，平日就常突然吹起的強風會將院子裡的櫻花瓣吹進我身體裡，黏得到處都是。這是我最討厭的季節。

奈緒子已升上高中二年級。那天，和美女士顯得比平時浮躁，頻頻端果汁和點心進來。每次和美女士走出去後，奈緒子和由紀夫都會難為情地相視而笑。

「抱歉，因為你是第一個來我房間的男生，媽媽大概也有點坐立難安。」

「不要緊的。」

由紀夫是個相貌不起眼的男孩，身材相當纖瘦。個子也不太高，那張有著漂亮骨骼輪廓的臉甚至比奈緒子還小。

細細的黑髮在窗邊陽光照射下，只有表面散發一層淺淺的咖啡色光芒。淡而稀疏的眉毛下，是一雙狀似葉子的小眼睛。和頭髮一樣，黑眼珠在窗邊陽光的反射下也呈現淺咖啡色。白色制服襯衫捲起的袖口露出手臂，和奈緒子柔軟的雙臂不同，雖然細長，但確實看得出隆起的肌肉。

由紀夫身形比和美女士更高大一點，他一走起路來，就會在房間裡掀起一陣微風。

「啊、風太被窗戶夾住了。」

奈緒子站起來，打開窗戶把我拉進來。

「什麼風太？」

「啊、是指這片窗簾啦……我從小就習慣這樣叫他，已經改不掉了。太孩子氣了？」

「不會啊。」

由紀夫沒有取笑奈緒子，瞇起眼睛搖搖頭。

「真是個好名字。」

只說了這句，由紀夫便吃起和美女士端進來的餅乾。

他的手指和手臂無聲動作，每一次都在屋內掀起一陣微風。彷彿由紀夫那雙肌肉結實的手臂本身就帶著風。

我看著那雙安靜的手臂溫柔攪動房間裡的空氣。心想，如果是那陣風，我願意全身沐浴其中。

後來，由紀夫又來家裡玩了好多次。

來第三次時，一起用房裡小型電視看電影的奈緒子拉了由紀夫的衣袖。

由紀夫像被風吹動似的，湊到奈緒子的臉畔，在那唇上輕輕落下一個吻。由紀夫淡粉紅色的薄唇，朝奈緒子翩然無聲降落，和黏在我眼前紗窗上的櫻花花瓣很像。

由紀夫睜開眼，只有睫毛微微低垂。奈緒子雙眼緊閉，所以由紀夫那雙隨風搧動的睫毛只屬於我。

又過了不久，某個星期六的夜晚，由紀夫來家裡過夜。和美女士與崇先生為了參加法事出遠門，不在家。

一樓餐廳不斷傳來笑聲。他們兩人好像在煮奶油燉菜，香味飄到二樓來。

接著，他們上了二樓，並肩坐著吃布丁，聽來這是奈緒子昨晚做好冰在冰箱的。白色布丁滑入由紀夫淡櫻花色的唇間。

「很好吃啊。」

由紀夫微笑凝望奈緒子，奈緒子不開心地嘟起嘴巴。

「可是馬鈴薯沙拉失敗了，奶油燉菜也幾乎是由紀夫作的吧。」

「今晚讓我住這邊，至少得幫忙作點什麼才行啊。」

「可是我不開心嘛，何況布丁這種東西誰都會作。」

「沒這回事，很好吃啊。」

「可是……」

吃完布丁，由紀夫和奈緒子起身，鑽進床上的白色被單裡。

由紀夫笨拙的手指滑過奈緒子的肌膚，我始終注視著平時幾乎不流汗的他額上滲出的汗水。

當水滴從由紀夫薄透的皮膚落在奈緒子鎖骨上的那一瞬間，她好像看了我一眼。

隔天早上，奈緒子獨自鑽出被窩，換好衣服下一樓。

一樓微微飄來煎蛋的香氣。看來她是想為昨日晚餐的失敗扳回一城，給由紀夫作起早餐了。

由紀夫露出肩膀，睡在沒有奈緒子的床上。

那清瘦見骨的肩膀因寒冷而顫抖的瞬間，我從窗簾軌道上卸下了一個銀色掛勾。

一個、兩個……將銀色掛勾一一卸除，當窗外吹進我最討厭的強風時，我便乘風奮力一跳。

我乘著風在房中泅泳。事情就這麼瞬間發生。什麼聲音都聽不見，彷彿潛伏深海底。我屏氣凝神，靜靜覆蓋在由紀夫身上。

感受到一直以來只能凝視的由紀夫肌膚的觸感。

「奈緒子嗎……？」

睡夢中的由紀夫如此低喃，緊抱住我。

由紀夫抬起的手臂帶動一陣風，使我身體顫抖。每當由紀夫的手指、腳和肩膀一有動作，就會靜靜掀起一絲略帶濕氣的風。

「奈緒子。」

微風再度從他唇間流洩。

每一次，我都被那風吸引，身體微微發抖。這時我終於明白，自己掛在這房間十一年，為的就是沐浴在這風中的片刻。

「你在幹麼……？」

忽然傳來一個生硬的聲音。準備好早餐的奈緒子站在微暗的房門邊，正注視著我們。

「咦……」

由紀夫揉著眼睛起身。

「為什麼風太會在那裡？」

「我不知道，會不會是被風吹過來的？」

「怎麼可能有這種事？每個窗簾掛勾都被吹掉了？」

「我真的不知道啊。」

一頭霧水的由紀夫望向我。他的體重傾軋了床鋪，隨著他起身的動作，我發出輕微聲響，掉落地面。

冬天，奈緒子學校社團的夥伴聚集到房間來，大家一起舉行簡單的聖誕派對。罐裝果汁裡混了幾罐酒，各種袋裝零食散落在奈緒子整個房間裡。

坐在中間，老是在開玩笑的一個有淺褐色頭髮的男生，忽然拍拍由紀夫的肩膀說：

「嗳、由紀夫，你有沒有出軌過？」

「怎麼可能！」

「其他的女人，連一次也沒有？」

和奈緒子交情很好的短髮女孩敲了敲那男生的頭：「別亂講了，由紀夫才不是那種人。」

一旁的由紀夫見狀，一邊喝汽水一邊若無其事地說：

「我想想喔……或許有那麼一次吧。」

「欸？真的假的！竟然有過這種事！」

女生吃驚地逼問由紀夫，由紀夫忽然笑著轉過頭來，指著我說：

「只有一次，我把風太當成奈緒子了。」

「什麼嘛。」

大家都笑了。

「搞錯之後，我還抱著他喊『奈緒子』，發現時自己都嚇一大跳。」

「由紀夫，你是白痴嗎？」

只有褐髮男孩顯得有點疑惑：

「風太是誰？」

「奈緒子這傢伙，像幫絨毛玩偶取名一樣，連窗簾也取了名字，真是孩子氣。」

「少來少來，由紀夫就是喜歡她這種地方吧？」

由紀夫輕輕一笑，汽水灌入唇間。

只有奈緒子沒有笑。她坐在床邊最靠角落的地方，始終緊盯著我不放。

過了一段時間，某天下午，夕陽籠罩在房間裡，身穿制服的由紀夫和奈緒子靜靜交談。

「非分手不可嗎？」

由紀夫這句話令我心頭一驚，窗戶明明沒打開，我卻搖晃了一下。

「嗯。」

「為什麼？可否告訴我原因？」

「……我有喜歡的人了。」

奈緒子乾澀的眼睛盯著半空。

「其實，和由紀夫交往後我就發現了。是因為由紀夫你很像我喜歡的人，所以我才喜歡上你。抱歉。」

「……這樣啊。」

由紀夫點點頭，坦然得近乎悲哀。兩人就此沉默了好一會兒，像在看電影似的望向窗外不停變幻的天空。夕陽漸漸變暗，終於進入深藍色的黑夜。

由紀夫掉了一點眼淚。

注視他眼中流出的透明淚水，我第一次覺得奈緒子可恨，怎能讓他這樣哭泣。

失去由紀夫的房間裡，奈緒子緊抱著我。這是久違的擁抱。奈緒子顫抖的雙膝跪在地上，陷入地毯中。那雙手始終用力抓著我，不肯放開。

奈緒子呼吸的氣息熱得反常，像夏天突如其來的強風，令人呼吸困難。她將臉埋進我之中，呼出的濕氣濡濕了我。

彷彿祈禱著什麼，奈緒子閉上眼睛，靜止不動。

在這個不再有由紀夫手臂與手指掀起微風的房間裡，我茫然而沉重地吊掛窗邊。房內染成藍色的空氣默默凝結，連動也不動一下了。

拼圖

車門顫抖著打開，從中溢出溫熱的空氣像是某種誘惑，吸引早苗將身體塞進客滿的電車車廂中。背後另一個上班族搭上來，向前推擠壓迫，慢慢將她擠進人牆。早苗鑽進上班族下巴下方，從那裡噴降的濕氣搔得她額頭發癢。

「妳還好吧？早苗？」

一旁的同事惠美子關心詢問，早苗朝她望去，垂下眼角笑著說「沒問題」。

電車一發動，乘客們就微微仰起頭，想尋求更多氧氣。一張張朝上的嘴唇圍住早苗，她放鬆身體，讓自己靠近體溫形成的漩渦。眾口呼出的氣息交融成周圍的空氣，早苗沉浸在這樣的空氣中，閉上眼睛載浮載沉，用皮膚感受著那濕度。沐浴在眾多乘客吐出的二氧化碳裡，對她來說是一件幸福的事。以前曾流行過「森林浴」一詞，早苗則非常喜歡這堪稱「人群浴」的狀況。

下一個停靠站有更多人上車，壓迫而來的體溫愈來愈熱，早苗陶醉得瞇起眼睛。就在這時，身旁一個上班族「嘖」了一聲。那一瞬間，早苗窺見男人單薄嘴唇裡醬紫色的舌頭，羨慕地盯著那張臉上打開的黑洞。察覺早苗視線的上班族臉上閃過一絲狐疑，又在看到她微笑的模樣與視線中帶有的褒意後，轉換為自尊心獲得滿足的表情。

電車來到早苗換車那一站，雖然捨不得，也只能隨人群下車。惠美子站在月台上，一邊嘆氣一邊整理亂掉的頭髮。

「惠美子。」

「啊、早苗！太好了，還以為被人群衝散了呢。今天的尖峰時段特別擁擠，真教人受不了。」

皺起眉頭一臉不悅的惠美子看到早苗微笑的表情，難以置信地說：

「妳好像都無所謂耶，每次都這樣，早苗難道任何時候都不會煩躁嗎？」

「惠美子，妳這麼討厭上下班尖峰時段啊。」

「這種東西誰會喜歡？」

「是嗎？我就沒討厭過啊。」

早苗依然帶著柔和的神情注視月台上嘈雜的人潮。看著這樣的她，惠美子聳聳肩：

「早苗妳啊，有種說不出的豁達。從來沒看到早苗生氣不耐煩呢。比我們晚進公司那些小女生也說早苗前輩絕對不生氣，很溫柔。」

「是嗎？」

「嗯。尤其是由佳，一天到晚嚷嚷最喜歡早苗姊了。我就跟她說，下次再一起去喝兩杯吧。」

「由佳個性很親人啊。」

兩人閒聊著搭上手扶電梯時，下一班電車正好滑入月台。聽見車聲的早苗回頭，俯瞰車門湧出的生命體漩渦，差點情不自禁朝他們伸出手。

「妳怎麼了，早苗？」

「……沒事，沒什麼。」

早苗輕輕搖頭，重新轉向惠美子。生命體們的熱氣與肉體發出的聲音振動了空氣，緩緩推擠她的背。

早苗家位於大型辦公街區，是辦公大樓夾縫間一棟小而美的公寓。踩著高跟鞋穿過一棟棟高樓往前走，早苗總覺得自己也是其中一棟建築。

每次看到那些灰色漸層的水泥建築，早苗就會想起小時候自己住的國宅社區。那時，她也總覺得自己是社區裡的一棟樓。

身體不太好的早苗沒法和社區裡的大家一起在公園玩，多半只能獨自坐在旁邊長椅上看。有時球滾到腳邊，撿起來還給男生時，總會驚訝於他們手上傳來的熱氣。和自己蒼白的手完全不同，那是活生生的人肉觸感。當時早苗心想，他們是生命體，生命之核牢牢埋在他們體內。

早苗背後成排的灰色社區建築，和早苗一起凝望公園裡的孩子們。

離開老家，到東京一個人生活時，人家介紹她到這交通方便的辦公街區來。這裡的景色映入眼簾那刻，早苗內心模糊想著「啊、果然沒錯」。《醜小鴨》故事中，被當成鴨子養育的天鵝小孩終於回到同類身邊時，大概就是這種感覺吧。和繪本內容不同的是，早苗注定回歸的不是天鵝群，而是這群無生命的高樓大廈。誤闖進入的人群雖然更美，早苗仍在不知不覺中被牽引回原本的歸宿。

早苗從窗簾縫隙俯瞰街燈下的行人頭頂與背影。人類走動的姿態不管看多久都不會膩。人類體內埋有生命之核。生命體這種東西，怎麼能如此美麗。彷彿用顯微鏡觀察珍貴的細胞，早苗目不轉睛地追隨那些皮膚與肌肉。

皮膚底下的東西隱隱可見，擠在那裡的是蠢動的內臟。肌肉像樹根扎遍全身，脖子上浮凸的血管中，血液不斷循環。早苗忍不住把頭鑽進窗簾，額頭抵在窗玻璃上專注細看。其中有個人似乎察覺她的視線，朝這邊轉頭。早苗急忙離開窗邊，逃進陰暗的屋內。

矮桌上放著一面小手鏡，鏡裡映出早苗蒼白的臉。今天早上忘了把鏡子反過來放了。這麼想著，伸手去拿鏡子。

鏡中自己的表面乾燥如粉，完全不透明也看不到底下應有的血肉。臉頰和額頭顏色均一，教人懷疑是不是連內側也塞滿和表面一樣的原料。只有塗上眼影的眼皮有一抹光澤，但也正因如此，顯得整個人更像只有一處擦上油漆的白色水泥。

懷念電車裡籠罩全身的溫熱二氧化碳，早苗對鏡做了一個深呼吸。然而，從彷彿上了一層琺瑯釉的牙齒縫隙噴出的氣息冰涼無溫，與其說是呼吸，不如說是機械的送風。

早苗嘆口氣，把鏡子翻過來放在矮桌上。因為不太想看到自己這不像個生命體的外表，除了早上整理儀容之外，她向來不照鏡子。浴室裡也沒有鏡子，那面小手鏡是這屋子裡唯一的鏡子。看不到自己令她鬆了一口氣，站起來開始準備晚餐。

早苗擁有不太會餓的體質，拜此之賜，把食物倒進臉上那個黑洞時，心情就像把廚餘倒進垃圾桶。這種感覺太噁心了，所以有陣子只吃營養補充品，結果造成貧血昏倒。無可奈何之下，後來還是會往體內投入一定份量的食物。

加熱早上煮的味噌湯，散發湯頭與味噌香氣的熱氣蒸騰。然而，即使聞到這香氣還是沒有食欲。不知該拿這樣的自己如何是好，只是一味拿著銀色湯杓來回攪動味噌湯。

公司午休時間，早苗會和同屆進公司的幾個朋友一起找間空的會議室用餐。平常大家會各自帶便當或去便利商店買，今天所有人面前放的則是一樣的黃色塑膠袋。剛才，眾人相偕去了公司旁新開的便當店。那裡除了一般常見的便當，還販售墨西哥塔可飯或夏威夷米飯漢堡等罕見的選項。因為風評不錯，就決定今天一起去買來吃看看了。

從包裝袋裡拿出便當，惠美子嘟起嘴巴。

「剛才那店員好令人火大喔，沒看過態度這麼差的！」

「真的真的，那種打工仔應該早點開除才對。乾脆打個電話客訴好了。」

點餐時，店員愛理不理的態度似乎激怒了大家。

一個開始用塑膠湯匙吃塔可飯的女生皺起眉頭：

「哇，好難吃。」

「真的耶，不只態度差，連味道也差，真是爛透了，絕對不再去第二次。」

「早知道就在平常的便當店買。」

的確，便當裡的肉吃起來乾巴巴，醬汁口味又太重，稱不上高品質。看早苗依然微笑品嚐，惠美子說：

「遇上那種店家，早苗都不會火大嗎？」

「我？不會啊，沒什麼。」

聽早苗這麼微笑回應，另一個朋友也笑了：

「早苗心胸寬大嘛，才不會動不動就生氣。」

「沒有啦，沒這回事。」

「就是說啊，今天上午也是，就算被岡島說了那些有的沒的，妳也沒擺半個臭臉。」

岡島是和早苗同部門的女同事，因為總是用毫不留情的語氣指責別人，大家都討厭她。但是，早苗連一次也沒生氣過。

「那個人就是這樣，當然啦，她說的或許都對，可是用那種口氣糾正，誰聽得下去啊，只會聽得一肚子火而已。」

「我也討厭岡島，幸好跟她不同部門。」

「是說，應該沒有人喜歡她吧。早苗，妳好衰。」

「不過，早苗應該不介意吧？從來沒聽早苗說過岡島壞話，也不覺得妳有在忍耐的樣子。」

「早苗，妳是不是沒有討厭的人？」

「對啊。」

早苗露出淡淡微笑點頭。她對生命體懷抱的只有嚮往，怎麼可能討厭。

「早苗真的好厲害喔，就算說這種話，聽起來也沒有挖苦的意思。」

「是這樣喔？」

「有些人說自己沒有討厭的人時，一聽就是偽善者，我很討厭那種人。可是早苗不一樣，妳給人的感覺就是真的誰也不討厭嘛。」

早苗拿起桌上的礦泉水說：

「我從小就不太會生別人的氣。」

「是喔，看來會這樣的人天生就是這樣呢。不像我，一天到晚在生氣，壓力大到皮膚都變乾燥了呢。真羨慕早苗。」

「沒什麼好羨慕的啦。」

早苗看著那個女孩，打從心底這麼說。自己才是真的羨慕眼前這些女孩們。

同屆進公司的女生嘆氣時，看得見她嘴裡口水亮晶晶的反光。生命體就像泉水一般，不斷湧出唾液。不只唾液，尿液、血液等液體，還有嘴裡散發染了內臟腥味的氣息。每一樣都充滿從早苗身體排不出的鮮活生猛。

女孩們湊上來窺看早苗凝視她們的雙眸。

「怎麼說呢，我喜歡早苗的眼神，似乎能看得出妳對人類的大愛。」

「嗯，被早苗盯著看也很舒服。」

覺得自己這樣盯著她們看太不好意思，早苗忍不住低下頭。

早苗總是直盯著生命體看，到了連自己都覺得失禮的地步，然而不可思議的是，她從來不曾因此被人討厭過。大家似乎能感受到早苗視線中的羨慕之情，往往朝善意的方向解釋並接受了早苗的視線。

吃完午餐，收拾好東西回座位時，惠美子叫住了她。

「對了，差點忘了，早苗，這給妳。」

「咦？」

接過惠美子遞上來的薄塑膠袋一看，裡面是個塑膠盒子。

「送妳，我已經用不到了。」

「這什麼？音樂ＣＤ？」

「不是，是運動教學ＤＶＤ。上次妳不是說，覺得自己身體比較冷嗎？這運動滿激烈的，對改善虛寒體質很有效。」

早苗說自己的身體冷，和惠美子以為的「虛寒體質」意思不太一樣。不過，她的心意讓早苗很感激，便微笑回答：

「謝謝，我會試試看的。」

「別客氣，反正我放在家裡也是放著。啊，我回座位前先去上個廁所。」

說完，惠美子輕輕揮手，快步穿越走廊。想像著她體內幾乎滿溢的排泄物，早苗靜靜緊握手中的塑膠袋。

下班後，和惠美子一起走出公司大樓時，站在正面花壇邊的一個男人正好抬起頭。適逢日照強烈季節，男人卻穿黑色長袖襯衫和同樣黑色的合身長褲，一和早苗她們對上眼，立刻慌張低頭撥弄手中的手機。

「那人是怎樣，鬼鬼祟祟的。」

惠美子皺了皺眉。男人依然低著頭，一下把手機從口袋裡拿出來，一下又放進去。大概是一時手滑，原本要塞進口袋的手機就這麼掉下來。

早苗撿起滑到自己腳邊的手機，走向那個男人。

「還給你。」

男人驚訝地望著早苗，匆匆從她手中接過手機便快步離去了。

「那種人放著別管就好，早苗妳就是太善良了。」

早苗回想剛才男人額上皮膚滲出的汗水，以及在眼皮間轉動的眼珠。低頭看看自己的皮膚，天氣明明這麼熱，蒼白的表皮卻連一點水分也沒有滲出。

「惠美子，妳今天送我的ＤＶＤ，照著內容做就會流汗嗎？」

「欸、那個喔？很有效喔！我每次都做得滿身大汗。」

「是喔……」

剛才男人站過的柏油路面上留下幾滴液體暈開的痕跡，可能是他流的汗。早苗撫摸自己平靜無波的表面，想像內側應有的蠢動肉塊與汩汩流過的體液。

換上薄Ｔ恤和短褲，早苗將電視機電源打開。一回家就想嘗試惠美子給的ＤＶＤ，連飯都沒吃就準備運動了。

ＤＶＤ放進播放器，螢幕上出現一個外國女教練。女教練的皮膚浮現明顯青筋，看著這副身體，想像那繃緊全身的肌肉與中央的心臟，情不自禁看得入迷，聽到音樂聲才猛然回神，身體慌忙跟著動作。

按照教練指示運動了一會，逐漸感受到皮膚底下產生了變化。身體裡的水往外滲出，額頭皮膚表面的小孔也開始有液體迸出的感覺。

然而，臉上的汗水一點也沒有黏膩感，順著早苗的表面簌簌滑落。望向滴在手臂上的透明液體，早苗聯想到的是窗玻璃上的露珠。這雖然是從自己體內滲出的水，卻不是體液。嘴巴呼出的送風風量雖然比平時強烈，反而更讓自己看起來只像一部哪裡安裝了按鈕的機械。

持續激烈運動了一小時左右，自己「只不過是容器」的感覺愈發明顯。無論內臟如何暴動，水分如何激烈外滲，早苗自身仍只是安放它們的容器。

早苗終於停止運動，拿起遙控器按下按鈕，關閉電視畫面。變黑的螢幕上映出的，只是一棟表面結滿露水，露珠向下滴落的灰色小型建築物。

也不去擦掉內部滲出的水，早苗只是茫然站在原地。忽然想到什麼，試著隔著衣服按壓心臟位置。那裡正在激烈跳動，但是，只覺得像不小心吞下的金魚在那裡掙扎扭動，一點也沒有心臟屬於自己的感覺。

嘆口氣，湊近變黑的電視螢幕，凝望自己的臉。臉上眼睛、鼻子和嘴巴的部位開了黑洞，還看得見嘴裡的舌頭，但怎麼看也只是一隻貼在窗玻璃上的蛞蝓，絲毫不覺得那是自己身上布有神經的一塊肉。

隔天公司有聚餐，和同屆進公司的大家相偕走出公司時，惠美子忽然駐足。

「怎麼了？」

對早苗使個眼色，惠美子下巴朝花壇方向努了努。昨天那個男人又出現在那裡，正抓住一個女孩的手腕。

「原來那男的是在等由佳啊。」

聽了惠美子低聲這麼一說，早苗才發現男人抓住的女孩，是公司裡的後輩由佳。一旁的同屆女生皺起眉頭。

「怎麼回事，那是由佳的男朋友嗎？苗頭好像不太對。」

「是不是去幫她一下比較好？」

「可是會不會太危險？還是找男人來幫忙？」

眾人遠遠旁觀時，只有早苗毫不躊躇走向那兩人。

「由佳，怎麼了嗎？」

「早苗姊。」

由佳發出微弱的聲音。

「您好，請問您是她的朋友嗎？」

男人肩膀顫抖，朝早苗看過來。發現她臉上掛著親切的微笑，這才鬆開抓住由佳的手。

「有什麼事嗎？」

早苗笑得眼角更加下垂，男人退後一步，別開視線低下頭，一邊抓起黑T恤擦汗，一邊快步離開。

依依不捨望著那個生命體遠離時，由佳緊攀住早苗的手臂。

「早苗姊，謝謝妳。」

「由佳，妳流了好多汗，沒事吧？」

「嗯……」

由佳額頭和脖子上都是汗，早苗微笑凝視她的汗水，背後傳來惠美子的聲音。

「喂、早苗，不要緊吧？」

「還好。」

「沒事就好。好了，大家都走了，我們也快過去吧。」

「好，由佳，我們走吧。」

從背後摟住由佳，背上也是汗濕一片。來自她背上的水分沾濕了自己乾燥的手臂，早苗推著由佳往前，同時細細品味那份溼潤。

聚餐開始一小時左右，看到坐在後面喝酒的由佳忽然臉色蒼白，搖搖晃晃起身。看著由佳一臉痛苦摀著胸口的模樣，早苗想像底下大概有一股正翻湧而上的液體，立刻追上前。

不負早苗的期待，由佳蹲在廁所對著馬桶嘔吐。

「沒事吧？」

「早苗姊……」

由佳歉疚地投以一個虛弱的視線，又立刻轉向馬桶。

那麼多的水，到底怎麼藏在那嬌小身軀之中？混雜了固體與液體的各色嘔吐物流進馬桶。那些都是剛才還在餐桌上的食物，溶入她內臟後竟釋放出完全不同的異臭。

早苗深深感動，把頭湊向馬桶。那些食物吃進由佳嘴裡還不到一小時，竟然能溶解到這種程度，生命體的內臟究竟擁有多強大的消化力啊。

滿心盼望由佳吐出更多帶有內臟氣味的水，早苗緩緩摩挲她的背部。彷彿呼應早苗的邀請，由佳雙唇間再次嘔出液體。

摩挲背部的手忍不住用力的瞬間，由佳發出激烈的嗆咳聲。早苗心頭一驚，趕緊往前窺看她。

「對不起，太用力了是不是？妳還好嗎？」

「沒事……謝謝妳，早苗姊……」

大概是反覆嘔吐的緣故，由佳眼眶泛淚，眼淚似乎隨時會掉下來。原來從這個洞裡也會流出液體啊，早苗癡迷地看著，由佳卻一聲嘆氣，摀著嘴巴低下頭。早苗拿出手帕，幫由佳擦去噴濺胸口的少許嘔吐物。

「這怎麼好意思，太髒了，不用幫我擦啦。」

「別介意。想吐的時候最好全部吐出來，好嗎？」

馬桶中飄出嘔吐物混著酒精的臭味。在深深沾染了內臟氣味的液體氣味包圍下，早苗瞇起眼睛望向製造者由佳。

「好，不過我已經好多了……」

說著，由佳站起來沖水。將沒被胃液完全溶解的炸雞塊和炒麵吸走後，馬桶內再次湧上一窪透明清水，恢復原本的無臭無味。由佳用自來水漱口後，以嘶啞的聲音說：

「不好意思，我今天想先回去了，餐費之後再付……」

「好，我去幫妳拿包包。」

每說一句話，由佳嘴裡就會飄出淡淡內臟的氣味。早苗的視線完全被那雙唇奪走，微笑點頭。

提著包包，扶持由佳走到店外後，由佳抬起溼潤的眼睛看早苗。

「早苗姊，妳怎麼能這麼溫柔。」

「欸？」

早苗一頭霧水地歪了歪頭，由佳又低聲說：

「我吐得那麼髒，妳還願意一直幫我拍背……」

「一點也不髒啊。」

早苗笑著這麼說，由佳便又眼角泛淚：

「剛才也是，大家都遠遠看，只有早苗姊來救我……那個男人是我前男友，明明早就分手了，他卻一直死纏爛打……真的好可怕。」

「原來是這樣啊。」

「最近還跑到公司外面來堵我……」

早苗腦中浮現那男人的樣子。舉止雖然鬼鬼祟祟，那反而使他看上去更加生氣蓬勃。回想黑色T恤下顫抖的肩膀，早苗忍不住微笑。

「那他說不定也會跑去妳家門口等，我陪妳回去好了。」

「這怎麼行，太給妳添麻煩了。我直接搭計程車去朋友家，沒關係的。」

「這樣嗎？」

攔下計程車，扶由佳坐進後座。由佳用手帕摀著嘴，朝早苗深深低頭。

「早苗姊，真的非常感謝妳。」

關上車門，目送計程車離去後，早苗回到店裡，惠美子她們帶著擔心的眼神迎上前。

「由佳怎麼樣了？沒事吧？」

「嗯，好像已經好多了。剛剛攔了計程車送她回家。」

「還喝不到一小時就醉成那樣，可能原本身體狀況就不太好。」

「她今天好像喝得比平常多。」

「唔嗯……感覺是喝悶酒。剛才被那奇怪男人糾纏的事，是不是不太妙啊？早苗，妳一直在廁所陪她嗎？辛苦妳了。妳對這類小女生總是很照顧呢。好了，時間還早，我們繼續喝吧。」

早苗說：「抱歉，我想去一下洗手間。」說完便朝廁所走去。

靠近剛才由佳嘔吐過的馬桶，那裡似乎還殘留內臟的氣味。脫下內褲，坐上馬桶，可能因為由佳一直緊抓馬桶蓋的關係，上面還留有一點餘溫。

早苗輕輕深呼吸，下腹用力。早苗的排泄向來不太順暢，就算有尿意或便意，感覺也像與自己無關似的，一點都不急迫。要是不用力就無法好好排出體外。

過了好一會兒，溫暖的水總算開始流出身體。好不容易排泄完，早苗起身回頭看馬桶。可能因為攝取太多維他命的關係，馬桶裡積著一汪異樣鮮艷，彷彿稀釋了黃色顏料的液體。從那裡完全聞不到動物排泄物的氣味。

不管怎麼看，那都像一桶摻了黃色顏料的水，從中感受不到生命體的氣息。早苗自身的肉體也毫無排泄後的暢快感。只不過是流經身體的水又流出體外罷了。

嘆口氣沖了馬桶，鮮黃檸檬色的水被吸入馬桶中。

回到位子上，一邊收拾東西一邊對惠美子說：

「抱歉喔，我也要回去了。身體有點不舒服。」

「咦？早苗也喝醉了嗎？可是妳幾乎沒怎麼喝吧？」

「嗯，好像有點感冒，不該勉強來聚餐的。」

「沒事吧？我送妳出去。」

「有點發燒而已，不要緊的。不好意思，這是我跟由佳的餐費，麻煩妳囉。」

把錢交給惠美子，披上薄針織衫，早苗走出店外。站在門口將肩上的包包重新揹好時，忽然想起男人滲出的汗水與由佳口中噴出的嘔吐物。

拿出手帕，上面還殘留些許由佳內臟的味道。摸摸自己的嘴唇，那裡依然只有溫度偏低的送風。毫無濕度的風令她難耐，便把食指塞進嘴裡。然而，摸到的依然只是毫不黏膩的液體，像是滲透的雨水。

早苗低下頭好一會兒，輕輕做個深呼吸，跑進繁華的夜色中。

起初只是小跑步，接著慢慢加快速度。身上噴出了水，氧氣與二氧化碳也激烈進出口鼻間。試著按壓胸口，心臟激烈鼓動。問題是，和昨晚一樣，這顆狂跳的心臟不屬於自己，只像是自己寄生的另一個生物身上的器官。益發強烈感到自己不過是用來包住心臟的水泥容器。

果然還是不行啊。早苗嘆口氣，停下腳步。

不知不覺來到公司附近的辦公大樓區。擦掉臉上的液體，抬起頭，眼前是一棟淺灰色的辦公大樓。

仰望這棟大樓，早苗情不自禁倒抽一口氣。因為，現在的自己儼然就是這棟大樓。

淺灰色大樓上有成排的窗戶，看得到裡面醬紫色與慘白色的東西。

是大樓的內臟。早苗的視線被窗中蠢動的肉塊吸引。

水泥立方體中，生命體四處走動、呼吸、脈動。聳立眼前的，是一隻安靜的動物。不是容器與裝在裡面的生物，而是兩者合而為一，形成的一大生命體。

早苗觸摸自己的胸口。裡面的心臟正在脈動，連皮膚都感覺得到振動。

水泥與人類不是相反的兩種東西。蠕動於這世上的所有人類，都是我們灰色大樓共有的內臟。懷著這個念頭，早苗腳步踉蹌地走向大樓。

撫摸淺灰色的表面，水泥的冰冷傳遞到掌心。早苗蒼白乾燥的手背看上去就像融入了水泥中。不過，那並未給她無生命的感覺。分不出是內臟的振動還是經過的車子振動造成，大樓表面微微顫抖。對這隻大樓興起愛憐之情，早苗不斷用蒼白的手撫摸水泥，慢慢享受那表面的振動。

「早苗，妳怎麼了？」

聽見這個聲音，早苗才回過神來，望向惠美子。

「怎麼好像在神遊？」

惠美子笑著這麼說，早苗也微笑回應，一邊心想，神遊嗎？或許真是如此。

和昨天一樣，在同一個地方和熟悉的同屆同事一起吃午餐，早苗卻有種自己來到完全不同場所的感覺。

坐在眼前的她們到昨天為止還是人類，現在對早苗而言，卻多了一個不同的身份。她們成了薄膜包裹的血液與肉塊，蠢動著，發出聲音，散發著熱度脈動。

早苗緩緩環顧屋內。大樓內壁之中的東西形成了一團肉。低頭望向自己彷彿無機物的手臂，只有自己混入大樓的內臟中，像個不小心摻雜進來的塑膠碎片或某種人工器官。儘管還是難免有這種材質與眾人不同的感覺，但也不再像昨天之前那麼格格不入了。因為自己也是一棟小建築，所以眼前的內臟就是自己的內臟。早苗內心如此低語。區別只在一個是外牆，一個是內容物。不過，兩者融合在一起，形成了一隻大型生物。

「早苗，妳今天好像心情特別好？」

同屆進公司的另一個女生探看早苗蒼白的臉：

「是不是交男朋友啦？」

「啊、我也這麼覺得！早苗的眼神比平常更溫柔了。」

「什麼啊。」

惠美子笑了，但她也接著說「不過，我大概懂妳們的意思」，盯著早苗的眼睛看。

「真的沒什麼特別的事啦，或許是惠美子送我的ＤＶＤ有效吧。」

「喔，那個嗎？妳也覺得不錯？」

「我覺得很棒。」

「咦？什麼ＤＶＤ？電影？」

旁邊的女生好奇追問，惠美子開始說明那是運動教學ＤＶＤ。

早苗陶醉凝望眼前兩塊靠著彼此的肉。隔著薄膜還能看見底下淡紅色的肉，彷彿要融合在一起似的蠕動著。那就像是生命的證據，每一次呼吸都會微微起伏。然而，那不只是她們活著的證據，也證明了包住她們的大樓正在呼吸脈動。

早苗撫摸自己乾燥的表面。底下有肉的觸感。一想到這個身體裡也有呈現血色的器官，和眼前這些內臟們有一樣的脈動，忽然覺得這副過去一直認為只是寄生物的身體非常可愛。

「啊、早苗又笑了。一定跟ＤＶＤ無關，絕對是交男朋友了。」

「喂早苗，要是真的那樣的話，要好好跟我報告喔。」

薄膜包住的肉塊們一擁而上，早苗忍不住笑出聲音。早苗一笑，內臟們也跟著抖動肉塊，發出笑聲。那聲音在大樓內部迴盪，縈繞不去。

回家時，慢慢讓大樓吐出自己的早苗往前一看，上次那個黑T恤的男人站在那裡。早苗露出親切笑容，向男人搭話：

「你好。」

男人驚訝得肩膀為之一震。

「怎麼了嗎？」

早苗投以疑惑的視線，男人像是想逃離般左顧右盼，額上的汗水眼看就要流入眼中。早苗拿出手帕，想幫男人擦汗。

男人急忙撇開頭，早苗溫柔地對他說：「汗要滴進眼睛了。」

男人開口想說什麼，聽見走出大樓的人靠近的聲音，彈簧似的跳開跑掉了。握著手帕站在原地的早苗察覺包包裡手機發出振動，取出來打開一看，是由佳傳來的簡訊。

「今天辛苦了。昨天很謝謝妳。明天晚上如果早苗姊有空的話，可否找個地方慢慢聊，有事想跟妳商量。」

早苗立刻回信表示沒問題，朝男人離去的方向投以一瞥，才自己邁步走向車站。

隔天午休，早苗飯也不吃就躲進單間廁所，放下馬桶蓋，坐在上面。

拿出手鏡一照，映出的那張臉依然灰白。眼角、鼻孔、嘴巴……臉上開了好幾個洞，仔細看的話，眼角和嘴巴裡都能看見帶有血色的肉。那些過去從來不認為屬於自己的東西，現在就像活在自己體內的可愛生物。

對寄居蟹的殼來說，鑽進自己體內的生命體也是這麼可愛的嗎？走出廁所，正想回自己位子時，不經意在走廊上駐足，朝窗外俯瞰大樓入口。內臟們一點一點從那裡溢出。自己和這棟大樓是相連的，感覺內臟們就像從自己腳邊走出去。原本在體內蠕動的內臟們，就像這樣往外流，被其他大樓吸進去。一到晚上，所有臟肉都離開，一棟棟的大樓就成為什麼都沒有的水泥立方體，站在這裡等待明天內臟們再次進來。

外頭的內臟怎麼看也看不膩，正看得出神時，有人拍了拍早苗的背。

「早苗，妳在這種地方幹麼！我找妳好久，打電話也不接。」

回頭一看，惠美子正擔心地望著自己。

「午餐我先吃了喔。妳在這做什麼？」

「對不起，我發呆了一下。」

「早苗，妳沒事吧？前天也說好像感冒，如果身體不舒服的話，看今天要不要早退？」

「沒事啦，甚至還比平常有精神呢。」

惠美子歪頭打量早苗。

「昨天我就想說了，早苗，妳散發的氛圍確實愈來愈溫柔。該不會真的交男朋友了吧？」

「我才沒有那種對象呢。」

「是嗎？那就算了。大家都在講喔，說早苗一定是用午休時間跟男友通電話去了。早苗妳啊，平常人太善良了，所以總給人一點距離感。但是從昨天開始，那種隔閡已經不見了。」

「真的嗎？」

「嗯嗯，總之，如果有什麼好消息的話，一定要好好跟我報告喔。啊、糟糕，沒時間慢慢聊了。早苗，妳還沒吃中飯吧，不快去吃午休就要結束囉！」

「沒關係，我不太餓。」

「那就好。要是不舒服的話，不可以勉強喔。」

惠美子一番叮嚀後輕輕揮手，說著「那我要去刷牙了」，匆匆走進化妝室。目送她離去後，早苗凝視倒映在窗玻璃上的自己。

沐浴在自己對內臟的愛憐目光下，大家好像都覺得很舒服。這證明了自己和她們是合而為一的生物，早苗內心湧現喜悅。輕撫走廊牆壁，摸起來比平常還有溫度，感覺得出大樓也很疼愛那些行走其中的內臟們。

結束工作準時下班，走進更衣室時，由佳已經換好衣服等在那裡了。

「抱歉，等很久了？」

「不要緊。」

早苗脫下制服，笑著問由佳：

「要去哪裡好？不知道妳想商量的是什麼，是不是不要離公司太近比較好？」

「其實也不怕別人聽見，只是……如果能放心談話更好，如果早苗姊不介意，要不要來我家？」

「由佳家？」

「對。啊……我跟公司說自己住家裡，其實在附近租了房子一個人住。」

「這樣啊，那就去妳家吧。」

一走出公司，由佳立刻東張西望，確認那個男人不在才鬆了口氣，輕聲低喃：「和早苗姊在一起就放心了。」

早苗點點頭，兩人一起走向離公司有段距離的JR車站。

在這個完全改變了的世界裡，早苗緩緩前行。

眼前是堅硬的白色大浪，一直持續到遠處。硬質的波浪底部相連，宛如時間暫停一般靜止不動。四角形的隆起成了一個一個的繭，看得見裡面蠕動的內臟。光是這樣就證明了這世界是有生命的。不久前只被早苗當成城市的東西，如今成了一隻巨大的生物。

就算不能回到原本的世界也沒有問題，不但沒有問題，還覺得一切變得更美好了。

明明身處異世界，景色卻令人懷念，望著這片風景出神時，聽見身邊的人低語：

「總覺得早苗姊今天感覺比平常更溫柔。」

「是嗎……是啊。我現在覺得心情非常平靜喔。」

「找早苗姊商量果然是對的，只要和妳在一起，內心就能獲得喘息。」

聽了這句話，早苗視線轉往由佳身上。眼前的，已經不是身為人類的由佳，而是在那波浪上移動的小小胃囊。這才是她真正的身份。

不一會兒，在巨大生物表面移動的胃囊，停在其中一個小繭前。

「這裡就是我住的公寓，有點破舊就是了。」

「很棒的地方啊。」

胃囊像知道這裡就是自己的容身之處，被白色的繭吸了進去。這一幕也讓早苗看得入迷，直到繭中傳出「早苗姊，請進」的聲音。

胃囊靜止在繭中，用沙啞的聲音開始訴說：

「就是有關上次那個前男友的事……他糾纏不清，已經到了異常的地步。連他自己都說自己有問題，可是卻不願意放棄。不是寫信來就是到處堵我，我受不了了……」

早苗以慈愛的目光凝視顫抖的胃囊，胃液一點一滴滲出，水珠流過胃囊表面。

「待在早苗姊身邊，總覺得好安心……這事已經好久了……我害怕得不得了，也好煩惱……」

「我會一直保護妳的，因為……」

因為，妳是我的胃囊啊。差點脫口而出這句話，早苗趕緊噤口。忽然感覺外面傳來某種振動。

「早苗姊……我有種被包覆起來的感覺。」

「是嗎？更依賴我也沒關係喔。」

「真的非常謝謝妳……啊、糟糕，我忘了給妳倒茶，只顧著說自己的事，真是不好意思。紅茶和咖啡哪個好？」

「我都喜歡。」

「那我去泡紅茶喔。請等一下。」

視線追隨在狹窄繭內走動的胃囊，早苗撫摸自己蒼白的表面。昨天還在那裡的心臟不知何時流失了，現在裡面似乎沒有東西。

這時，再次感到外面傳來一股溫熱的振動。

早苗立刻明白，是自己的心臟來了。

「歡迎回來。」

朝繭外探出頭時，早苗嘴裡這麼低喃。排出體外的心臟回來了。總覺得自己已經等這天好久。

門外傳來吸氣聲，心臟靜靜跳動著。看到早苗那一瞬，對方開始顫抖，早苗忍不住為自己心臟的生猛活跳感到喜悅，抓住對方往屋裡拉。

「……別、別碰我……」

心臟發出哀號，反射性地從早苗身邊跳開。

「怎麼了嗎？」

背後的胃囊大聲詢問。

「早苗姊，妳沒事吧？阿誠，要我說幾次你才懂，不要再來了！」

「由佳，這、這個人很怪！她腦袋有問題！」
「有問題的人是你吧！」
「她、她看到我一直站在那裡也不起疑，還老是笑著靠近我，這人一定哪裡有病！」
早苗不知道心臟為什麼要說這種話。自己或許真的活在異世界中，但是這個世界和內臟們以人類身份活著的世界是表裡一體，就算共存也沒有任何問題。就像拼在正確位置的拼圖碎片，兩個世界的居民是能一起生活的。
「你說什麼蠢話！每天每天寄給我好幾百封簡訊，還在公司外面堵我，我已經受不了了！你再不快走，我要報警了！」
「由佳……」
心臟開始激烈顫動，流下透明的液體。
「妳看這個，我是這麼愛妳……」
胃囊發出尖叫聲。仔細一看，心臟流血了。眼前的這個果然是心臟，早苗欣慰起來。
「別這樣，別過來！」
「為什麼妳要說這種話……我無法控制自己啊，只是如此而已。」
早苗主動朝心臟跨出一步。

「沒事的，過來這邊，你會覺得心情很平靜喔。」

「早苗姊，不需要對那種人這麼溫柔。我真的要報警了！」

胃囊低聲這麼說，心臟的血流得更劇烈。

「過來這邊的世界吧，好不好？這麼一來，誰也不會把你當成異物。」

「……妳在說什麼……」

「無論活在怎樣的異世界，只要拼圖準確拼上，就能永遠生活在一起喔。」

早苗舉起灰色的手臂，環抱心臟。

「早苗姊，妳連對這種人都……」

耳邊傳來胃囊感動的嘆息。

心臟在自己內側掙扎跳動，早苗沉迷其中。和至今總有一股距離感的其他內臟不同，這個心臟和自己是一體的。拜來到這個世界之賜，終於能與臟器合而為一了。早苗用盡全力，像要把身體壓扁似的感受心臟的跳動，心臟也呼應著她，不斷劇烈扭動。

像是要證明早苗和心臟是一體的存在，早苗的身體開始對那生猛的動作起了反應。清楚知道自己皮膚湧出汗水，體溫不斷上升。早苗笑出聲音，我們果然融合成一隻生物了。肉體配合心臟活了起來，開始蠕動。現在滲出的汗水和過往的清水不同，是黏稠的體液了。早苗確定自己的肉體正漸漸活化，口中噴出內臟的臭氣，黏膩的汗水流淌全身。

為了嘉許心臟的表現，早苗更用力摟緊他，彷彿回應早苗的聲音，心臟跳動得更強力，震撼了早苗的肉體。

吃城市

感應到正要外出吃午餐的我，辦公大樓的自動門打了開。瞬間，一股溫熱空氣席捲而來。季節才剛入春，包圍著我的卻是宛如夏日的蒸騰暑氣，腦中忽然浮現孩提時代放暑假的情景。聞到夏天的味道時總是如此，不只是我，只要聞到這類味道，任誰都會在嗅覺的刺激下想起暑假的回憶，腦中鮮明地浮現那令人懷念的光景吧。

直到小學畢業前，每年快到中元假期時，我們一家三口就會按照慣例開車回父親鄉下老家，住上一星期。老家在長野深山，是典型的鄉下房屋。沿著細細山路蜿蜒上山，長途跋涉抵達的老家，光是玄關就有家裡一間兒童房那麼大。歷史悠久的房舍和埼玉的家意趣完全不同，對我來說很是新鮮，總是一抵達就滿屋子跑，忙著四處探索。房間與房間之間以紙門隔開，我總是在廣大的房子裡迷路，有時打開紙門時，不小心闖進大人們正在休息的起居室，就算因此被罵了一頓，只要一獲得解放，又立刻衝出去，打開一扇又一扇的紙門。結束家中探險後，接著是戶外玩耍。玩到晚餐時間肚子餓了，就跑去媽媽和奶奶忙著煮飯的廚房偷看好幾次。我向來吃的不多，回老家時卻能吃上平時的兩倍，爸媽也很高興。奶奶從外面田裡採收回來的蔬菜，比在埼玉家裡吃到的滋味甜美許多。我雖然想不通為什麼，但也樂於大口品嚐平常不吃的蔬菜。

沉浸在這眾人都有經驗的兒時暑假回憶中，我走進公司旁邊的咖啡店。午餐一端上桌，我立刻掀開大大的三明治，捻起夾在裡面的切片番茄丟進盤子。坐我對面的同事小雪吃的是酪梨鮪魚丼飯，看到我的舉動，她一邊把染成咖啡色的波浪捲髮塞到耳後，一邊笑著說：

「理奈，妳又來了。既然不吃，幹麼不一開始就叫店家別放。」

「我點餐的時候明明就有說清楚。」

這間店品項豐富，餐點又混合了西式與日式，有丼飯和三明治等可選擇，向來很受歡迎，店內總是坐滿在附近工作的女生。剛烤好，表皮有點焦又夾了厚厚漢堡排的三明治確實很好吃，只是黏在麵包上的生菜青臭味使我忍不住皺起眉頭。

平常我和小雪午休都在公司吃，她帶自己作的便當，我吃便利商店買的三明治或飯糰。今天剛過發薪日，所以我們打算奢侈一下。偏食挑嘴的我不太喜歡吃外食，和年紀比較大的前輩一起吃的時候，心想自己也二十六歲了，不能老是挑三揀四，多半忍耐著吃下肚。只有同年紀的小雪因為交情不錯，下班後也單獨出遊過幾次，才能像這樣毫不顧慮地把討厭吃的蔬菜丟在盤子上。

「不吃蔬菜對身體不太好喔。」

「嗯……我知道啦。其實小時候我還比較肯吃蔬菜。」

「人家不是都說長大就不會偏食了嗎？」

搬出埼玉的家，開始自己在東京都內生活後，我的偏食情形愈來愈嚴重，或許並不是討厭蔬菜，而是東京的蔬菜不行。在老家生活時也會有留下不吃的青菜，但只要是鄉下寄來的番茄、茄子，或附近無人販賣所賣的小黃瓜等都很好吃，我也吃得很乾淨。媽媽常取笑我嘴刁，對我來說，兩者真的是完全不同的食物。現在住家附近的超市，賣的多是已作好的家常菜或便當，蔬菜賣場很小，架上只有少量包裝的一人份青菜，賣相也都很差。我一邊想著這些，一邊咬一口三明治，麵包內側大概沾上了番茄的青臭汁液，我臭著臉配冷開水吞下麵包碎片說：

「要是新鮮蔬菜，我應該吃得下。」

「要不然，妳就在陽台弄個小型菜園啊。」

小雪這麼說，我搖搖頭。

「我連種仙人掌都枯死了三個，不可能的啦。再說也沒足夠空間。」

「啊、我家附近有農家在賣產地直送的無農藥蔬菜喔，這種應該就沒問題了吧？只是很貴。」

「就是說啊。好吃的太貴，便宜的太難吃。難吃的蔬菜總有一股青臭味，妳不覺得嗎？」

「我不太在意這種事就是了。」

吃過飯，我拿出幾種營養補充品來吃。其實比起吃這種東西，我也知道好好攝食更重要。把壓爛的番茄堆在掉滿麵包屑的盤子上，綠色的內臟從裡面流出來。

傍晚，下班走出公司，氣溫比白天涼了許多。從包包裡拿出披肩披上，看一眼手錶，剛過五點半。我莫名想起，如果是夏天的鄉下，這個時間的廚房最熱鬧。

奶奶過世後，鄉下老家沒人住了，親戚們甚至開始談到要把房子拆掉的事。當年回鄉下時，每逢中元假期家裡特別熱鬧，連煮頓飯都得大費周章。包括奶奶和媽媽在內，女眷們在廚房準備大量飯菜，小孩因為白天玩累了，多半在睡午覺。我常在睡著了的堂妹們身旁百無聊賴看電視，這時爸爸就會問我要不要一起出去散步。經過流出細細水柱泡涼西瓜的水龍頭和已經沒在用的古井旁，走出院子踏上就在屋子旁的山路。「妳知道嗎，理奈，這個可以吃喔」，這麼說著，父親會從山裡摘取一些食物。有時是野莓，有時是小小的葉片。山路兩旁長滿淺綠與深綠的各種植物，再往後就是黑壓壓的樹叢。我害怕四面八方突然飛出的大蟲子，總是縮著身子走，父親則以熟悉的動作將手伸進綠意之間。咀嚼父親遞給我的山林碎片，溫熱的汁液滲入口中。

某天，父親撿起掉在院子裡的樹枝說：「喔！這形狀很不錯。」那根樹枝呈英文字母的

「Y」字形，很粗又很堅固。父親一臉懷念地摸著樹枝：

「在這裡綁上橡皮筋就能射出小石頭，小時候常這麼做呢。」

我趕緊鬆開馬尾，把拆下來的橡皮筋拿給他。「爸爸，你弄那個嘛，弄一下嘛。」「這種橡皮筋射不出去啦。」爸爸又笑著說：「好，來試試看吧！」回家裡拿了又粗又大的橡皮筋和小塊厚碎布。

「那塊布要做什麼的？」

「嗯？喔，要用來放石頭的啊。」

父親坐在簷廊，從工具箱裡拿出錐子，在布上鑽出一個洞，再穿過橡皮筋。拿著布調整橡皮筋，一下拉長，一下縮短，最後站起來對我說：「走吧，理奈！」父親顯得莫名雀躍，快步走掉了，我急急忙忙小跑步跟上前去。

一走進山裡，父親就說：「走路小聲一點喔」，抬頭往上看，像在找尋什麼。過了一會兒，他停下來，在我耳邊輕聲說：

「有了有了，聽好喔理奈，妳安安靜靜在這等。」

父親從腳邊撿起幾顆小石頭，丟下屏氣凝神的我，蹲低身子走進草叢。走到一棵大樹旁，就像拉弓一樣拉緊橡皮筋，打算射出包在布裡的小石頭。橡皮筋拉得快跟父親手臂一樣長，似乎隨時可能繃斷，我嚇得差點叫出來時，父親突然鬆開手，小石頭猛地飛向枝頭。我被枝頭上一齊飛走的鳥群吸引了注意力，卻聽見父親說「喔，看來我寶刀未老」。父親慢慢走向樹下，從草叢裡撿起了什麼。他用雙手包捧著那東西，我看不清楚。接著，父親用單手拿著那東西，另一隻手牽起我，開始往回走。我想偷看父親手裡的東西，卻被他身體擋住，始終看不見。

「這個，烤給理奈吃吧。」

「是麻雀啊？你這傢伙，打回不得了的東西啦。這種東西哪裡打來的？」

正在切晚餐要吃的大量蔬菜，奶奶滿是皺紋的臉更皺了，壓著彎駝的腰站起來。「喂，妳也來幫忙！」被她這麼一說，我只好坐進嬸嬸和堂姊們中間，幫忙削起馬鈴薯皮。因為頻頻偷看奶奶，馬鈴薯削得很慢。過了不久，奶奶把一團烏七抹黑的東西放在報紙上拿給我。

「拿去！很燙，小心點吃。」

「喔，快吃吃看吧，理奈。」

父親這麼說，我點點頭，戰戰兢兢伸手接過那團東西。看上去不像麻雀，更像小小的木乃伊。咬一口焦黑的肉，香氣在口中擴散，肚子餓了的我忙著張大嘴再咬一口時，咬到的卻是骨頭。一旁的奶奶看了哈哈大笑。

「都是骨頭，哪有幾口肉好吃。」

「有什麼關係，好吃就好對吧？理奈。」

「嗯！」

我精神抖擻地點頭，還以為在山裡，小鳥和水果一樣會從樹上長出來。和包裝販售的肉品相比，從山裡摘回來的肉形狀歪七扭八又小，但剛摘回來的麻雀肉似乎還保留活生生的氣息，小小的身體裡裝滿豐富的滋味。尤其是頭部，柔軟又好吃。聽我這麼一說，父親就笑了：「那是腦漿啊，理奈長大後一定很會喝酒。」

要是能像那時的父親一樣，傍晚去山裡散步，順便摘採一些吃的東西，一定很不錯。辦公大樓林立的日本橋一帶少有路樹，更使我懷念起記憶中的山林風光。路旁雖然有花圃，裡面都是人工細心栽種的花，排列得整整齊齊，前面還插著寫有花名的牌子。與其說是生長在這裡的植物，不如說是某種展示品。我繼續往前走，下意識想走與平日不同的樓梯去搭地下鐵，就在這時，發現花圃與花圃之間有個看似被遺忘的髒兮兮大花盆。大概是業者忘了撤走的吧，走過去一看，裡面種著一棵低矮的枯樹，周圍則是一圈密密的雜草，多得滿出花盆。我在裡面找到開得早了點的蒲公英，不經意伸手摘下這久違的黃色小花。看到折斷的花莖中空的模樣，想起「對喔，蒲公英的花莖就是這樣」的同時，兒時拿蒲公英玩耍的記憶油然復甦。小時候，曾用花莖和竹籤作成水車，現在已經想不起詳細做法了。邊走邊把玩花朵時，對面走來一位高雅的老婦人，瞇起眼睛對我微笑。

摘下蒲公英的花，或許讓人以為我有什麼少女情懷吧，忽然覺得丟臉，趕緊將花放進包包，快步走向地下鐵站。

回到家打開包包，黃色小花在包包萎縮了。完全忘記這事的我急忙將被化妝包壓扁的黃花拿出來，在空果醬瓶裡裝水，再把壓扁的蒲公英插進去。不知是否中空的花莖順利吸了水，蒲公英看上去有精神了點。

隔天，小雪和我一如往常找了間空會議室吃午餐。我不經意提起昨天的事，話題從蒲公英聊到鄉下老家的回憶，小雪竟然顯得很有興趣。

「好好喔，有那種回憶。哪像我，從小到大都住東京，爺爺奶奶都是這邊的人，沒有鄉下可以回，也幾乎沒摘過花來玩。沒編織過花冠也沒用蒲公英做過水車，所以好嚮往那些事喔。」

「真有這麼羨慕嗎？」

「嗯，該說那樣的生活很健康嗎？或者說是人類該過的生活。哪像我，一星期雖然會上一次健身房，但是一點也不健康。散步時摘花回家，插在房間當裝飾這種事，感覺比用任何芳香精油更可貴。」

「真正的鄉下也不會一天到晚摘花啦，我爸小時候好像都是摘野莓來吃的樣子。」

「哇，那種更令人嚮往了。」

「令人嚮往嗎？我也不知道該怎麼說，鄉下人比較不拘小節，會滿不在乎地做一些都市人看來很殘酷的事，滿奇怪的喔。比方說，像我爸小時候家裡有養雞，他超疼愛那隻雞的。可是，等那隻雞生不出雞蛋了，爺爺就把牠殺來吃，變成當天家裡的晚餐。爸爸也不特別同情那隻雞，還說很好吃，大家就這樣一起把雞吃掉了。」

小雪笑著說：「有什麼關係，這樣才叫自然啊，對於動物犧牲自己生命給人類吃的事也自然而然學會感恩了吧。」聊著聊著，我被她說得好像真有那麼回事了，一邊吃便利商店買的麵包一邊說：

「我聽說東京都內有些大公園有長艾草，不如去摘摘看好了。自己動手做的艾草麻糬和外面賣的，吃起來可是完全不同。」

半開玩笑這麼一說，小雪立刻認真點頭。

「妳試試看嘛！就當運動順便摘蔬菜吃，對身體有雙重好處不是嗎？」

我瞥了一眼自己的午餐。一個大的甜麵包和一個鹹麵包。這星期還沒吃過一片青菜，自己也知道卡路里攝取過量了。雖然提不起勁吃便利商店或超市賣的軟爛蔬菜，自己摘的艾草說不定很好吃，或許吃得下。

「好吧，我來試試看，希望可以克服討厭吃菜的毛病。」

「要是妳做了艾草麻糬，也要分我吃一點喔。」

小雪笑著這麼說，我點點頭回「當然」，滿心期待吃自己做的艾草麻糬，把乾巴巴的麵包塞進嘴裡，想的卻是那懷念的味道。

「理奈，要下班啦，辛苦了。咦、妳今天穿得好輕便。」

隔天，結束工作在更衣室換好便服時，晚我一點進更衣室的小雪看著我的衣服，像看到什麼稀奇的事物。

「喔，小雪，妳也辛苦了。」

「妳該不會要從今天開始找艾草吧？」

「嗯，順便健走啦。」

「真的嗎，要是採到的話要讓我吃喔。」

對小雪揮揮手，走出更衣室，我伸展了一下背脊就開始走。包包裡備有便利商店的購物袋。住在埼玉時，我們偶爾會在初春去附近空地摘紫萁或蕨菜。都市裡大概不可能找到蕨類了，至少希望能找到艾草。就算沒有，蒲公英一定沒問題吧。哪些植物可以食用，這類知識我還算有，只是實際上吃過的經驗不多，不覺得會好吃，就算找到也不打算拿來當今晚的晚餐。不過，如果真能找到，嚐一下味道也不賴。真要說的話，並不是當真想吃，只是當作健走時的小樂趣罷了。

首先去了昨天生有蒲公英的地方，可惜除了被我摘下的，已沒有其他蒲公英花了。拔起剩下的葉子，探頭窺看雜草叢生的花圃，想找找是否有其他少見的植物，看到的都是些不知名的草，想想還是決定放棄。

把蒲公英葉子放進塑膠袋時，一個跟我差不多年紀的粉領族朝這邊露出難以置信的眼神。我趕緊離開花圃，這才想到，要是被公司的人看見也難解釋清楚。就在這時，一輛朝四面八方排放廢氣的卡車從旁駛過。見灰煙瀰漫到人行道上，我急忙打開包包，從塑膠袋裡拿出蒲公英，丟進旁邊便利商店的垃圾桶。現在才想到，長在馬路旁的野草根本不能吃。未經深思就以為只要是蒲公英都沒問題的我實在太愚蠢了。為了尋找乾淨的蒲公英，我再次邁開步伐。

雖然繞了幾座公園，其中大型公園儼然成為遊民住處，想到這裡可能是有人睡覺排泄的地方，別說吃長出來的草，我連公園裡的泥土都不想碰。小一點的兒童公園則是上班族休息的地方，地上散落菸蒂與咖啡空罐。接觸過垃圾的東西怎麼可能拿來吃，於是我又繞了其他地方，雖然也找到垃圾不多的公園，那裡似乎常有人遛狗，立著「請飼主帶走狗糞」的告示牌。看來，要在東京都內找到能吃的野草是不可能的事。儘管這麼想，不服輸的我仍心想至少要找到一個有乾淨蒲公英的地方，繼續往前走。只要找到妥善管理，沒有淪為遊民住處也不是遛狗路線的公園就行了。找了幾座兒童公園，不知不覺來到東京車站，就決定去噴水池公園看看。

或許是街頭地圖總以綠色標明的緣故，一直沒發現其實公園裡大半修築為水泥地，除了幾個大大的噴水池外，幾乎看不到半點綠意。我有點失望，四處巡視了一番，才在水泥地周圍發現一小圈土堆，上面有外露的泥土。公園整理得很好，只在植栽的樹木旁找到一點雜草。我彎下腰想找找有沒有蒲公英。忽然擔心自己對噴水池不置一顧，卻在土堆上走動，看在別人眼中或許顯得很奇怪。抬起頭張望，附近只有看似觀光客的外國人在拍照。既然是觀光客，就算覺得我有點奇怪，也不至於上前糾正吧。這麼一想，我比剛才更湊近雜草，開始挑選起來。

腦中浮現從前經常在老家旁空地摘艾草的情形，或是去附近縣立公園撿拾栗子的往事，兩者都和現在的自己相去甚遠。現在的我，看起來就像在翻垃圾堆的烏鴉。不只沒有充實感，反而感到一陣淒涼，害怕引人注意，我左顧右盼，擦拭額頭的汗水，還是趕緊把事情辦完，趁早回家吧。

繞了半圈公園，總算找到一處蒲公英群生的地方。我再次環顧四周後，從包包底下掏出另一個中午裝麵包的小塑膠袋，套住手指以免指甲卡進泥土，再用這隻手伸進草叢，抓住花與葉。包在塑膠袋裡的手把所有抓到的蒲公英都拔起來，連花帶葉塞進便利商店購物袋後，像個剛順手牽羊的小偷，壓著包包匆匆走向地鐵站。四下一看，天色已經完全變黑，公園裡沒其他人了。以為已經入春，今天只穿單薄的衣物出門，沒想到晚上氣溫還是很低，肩膀涼涼的。

趕緊披上披肩，搭上地下鐵後，手和肩膀還是無法回溫。一回到家馬上打開暖氣，將塑膠袋放在矮桌上。

泡個茶，啜飲熱茶讓身體回溫，同時看著桌上的塑膠袋。貼在半透明袋子內側的綠色葉子看著窮酸，怎麼也不像能吃的東西。也想過就這樣丟掉算了，但都做到這個地步，姑且還是吃吃看吧。這麼一想，我從袋中取出蒲公英。

花大概是不能吃了，直接丟進流理台角落的垃圾籃，用水仔細清洗葉子，順便低頭察看，葉片已經枯萎得滿嚴重，倒不如便利商店沙拉的葉菜還比較新鮮。小心洗乾淨後，本想放在砧板上，想了想，還是先把塑膠袋鋪上砧板，再把葉子攤平放上去。

說到蒲公英，一般人都會想到炸天婦羅的吃法。可惜我廚房只有火力微弱的電爐，想炸東西是不可能的事，我也懶得作這麼費事的料理。葉子應該有苦味，就決定作成接受度高的味噌湯了。沒有徹底煮熟我也不放心，打算先氽燙過葉片再調味，就拿起菜刀抵在蒲公英上。

切下去，滲出濃綠的汁液。切口飄出的氣味不是作菜時該聞到的氣味，更像小時候在校園拔草時聞到的草腥味。說是作菜更像在玩泥巴，我開始不確定是否真該吃它了。

不管怎麼說，鍋中水已沸騰，還是先把草放進去煮看看吧。感覺好像魔女煎藥啊。清水漸漸染成綠色，也像一鍋染料。在一股說不出的恐懼驅使下，我一次又一次倒掉變成綠色的水，重新換水煮沸，打算把草煮得軟爛才加入味噌。然而一旦要拿湯匙舀味噌時，又猶豫起是否該用寶貴的味噌煮垃圾。勉強告訴自己要是味道太淡難以下嚥更浪費，這才舀了一大匙味噌融入鍋中。

好不容易煮好，裝一碗起來看，湯裡的蒲公英葉看上去倒有點像波菜之類的蔬菜。不過，也很像有垃圾漂浮的下水道水。

從設定為保溫的電飯鍋中盛一碗白飯，和味噌湯一起放在矮桌上。總覺得像小孩子辦家家酒，怎麼也提不起食欲。先用筷子挑一點白飯放入口中，接著鼓起勇氣，將味噌湯端到嘴邊。

那團綠色東西一入口，腦中立刻浮現灰色的噴水池公園景色。一想到現在吃的是那座公園的一部分，忍不住就想把東西吐出來。

煮過了頭的綠葉沒有任何味道，只像一團濕軟衛生紙纏住舌頭。想起走在公園裡的人群身影，我忽然一陣欲嘔，急急把葉子吐在面紙上。看著白色紙團上萎爛的蒲公英葉，還是覺得那是垃圾。整鍋湯倒進流理台丟棄，從冰箱裡拿出納豆吃，然而依然沒有食欲，只吃了一半。即使徹底刷牙，反覆漱口，無滋無味的葉片觸感始終殘留舌頭表面，久久無法散去。

隔天星期五，我在公司感到身體不舒服，不得不進休憩室休息。小雪跟總務課借了溫度計幫我量，體溫三十八點五度。平常體溫偏低的我光看到這數字就頭暈目眩。

「該不會是吃艾草中毒了吧？肚子會不會痛？」

「不會，肚子沒事……應該是說，我根本也沒吃艾草啦。結果沒找到，可能是天氣冷又在外面走動那麼久，感冒了吧。」

不想讓人知道昨天有多慘，我在倉促之間打了馬虎眼。小雪聽了一臉愧疚。

「這樣啊，感覺我也有一部分責任，早知道不該說那些莫名其妙的話。妳跟組長說了嗎？」

「嗯，他說不要勉強，可以先回家。」

「那，之後的事就交給我吧。小心回家，好好休息喔。」

向貼心的小雪道謝後，也去跟部長報告了要早退的事，低下頭步履蹣跚地走出公司。在電車裡也低下頭強忍不適，不經意看見一隻螞蟻抓住我的風衣外套下襬。大概剛才放空了腦袋走路，衣襬掠過花圃了吧。指尖彈掉螞蟻，閉上眼睛努力讓自己入睡。

好不容易回到家，吃完藥馬上鑽進被窩，身體卻怎麼也暖不起來。在那麼冷的天氣裡費盡辛苦撿垃圾，還吃下難吃的東西最後得了感冒，我簡直就是大笨蛋。連爬起來煮粥的力氣都沒有，也沒有食欲，心想星期一前得痊癒才行，我只好一股腦地睡覺。

躺在陰暗的房間裡，感覺像身體漂浮在屋內。或許是位於公寓一樓的緣故，每次聽到馬路上的聲響或車子經過時的聲音，意識都會重新清醒。恍惚聽著引擎聲和人們交談的聲音，我想起鄉下老家的事。

在那個家裡，從外面傳進來的是樹葉沙沙作響的聲音和蟲鳴鳥叫，即使待在房間裡，外面世界的影響力更強大。感覺就像生活在除了自己之外的種種生物氣息中。那種悄悄潛入各種生物隙縫間的感覺自在舒適，吸進身體的空氣裡融合了大量不同生物的呼吸。童年時的我，總一邊感受這個，一邊將溫熱了內臟的二氧化碳呼出來，讓自己的氣息也靜靜滲入空氣中。一到夜晚，為了排解燠熱的暑氣，我們會把窗戶全部打開。就算有紗窗，如果不先把燈全部關掉再開窗，一定會有小蟲子從哪裡鑽進來。紗窗外，各種生物爬動的微弱聲響，伴隨搖晃樹木的空氣振動一齊湧入屋內。

爺爺死後，奶奶只來埼玉的家住過一次。那時，我們開車帶奶奶外出兜風，順便參觀東京。看到久違的夜景，媽媽和我興奮地眺望窗外。奶奶瞇起滿是魚尾紋的眼睛旁觀。爸爸問：「和鄉下很不一樣吧？」奶奶卻笑著說：「哪有什麼不一樣，除了浪費電之外，其他都沒什麼兩樣。」

那時說著「沒什麼兩樣」的奶奶，對事物的感受比我正常多了，我也想擁有和她一樣的感受力。對奶奶而言，碎石子路和水泥路面是差不多的東西。

汗濕的手臂推開棉被，微微睜開眼，看到被我丟在昏暗房間地上的風衣外套下爬出螞蟻。以為在電車裡已彈掉的牠，可能還繼續抓緊外套裡襯。要是平常的我，一定早就噁心得把牠丟去外面或壓扁了吧。這時想起鄉下老家榻榻米上，經常有體型比這隻大一圈的螞蟻爬來爬去，那時我不但不在意，還會趴在旁邊仔細觀察。家裡出現人類以外的生物時，我向來都會當場驅逐，多少年沒像這樣和牠們和平共存了呢。換成在鄉下，就算蝗蟲跳上餐桌，大家也不以為意，還是繼續吃飯。住在鄉下，和各種大小不同的生命一起生活是非常自然的事。都市裡，柏油路面上一副窮酸樣的蟲子爬過的氣息與路旁樹葉擦動時發出的微弱沙沙聲，往往被人工噪音蓋過，住在都市裡的人難以察覺，當年從鄉下來東京的奶奶卻說不定捕捉到了呢。

聽見屋外傳來誰說話的聲音，講的是外國話，我聽不懂。聽了一會兒，那聲音變得像是動物叫聲。這聲音使我聯想起那個夏日夜晚紗窗外的生命氣息，不知不覺就這樣睡著了。

幾乎臥床不起了整整兩天，醒來時看看枕邊的時鐘，顯示為早上五點。推開溫熱的棉被，從床上起身，燒似乎退了，今天應該能去上班。

臥床期間，除了喝水外只吃了點果凍，沒吃其他像樣的東西。恢復食欲的我檢視了冰箱，裡面只有冷凍起來的白飯，此外什麼都沒有。打算去趟便利商店，起身換下汗濕的家居服。這時小腳趾癢癢的，定睛一看，那隻小螞蟻正爬上我的腳趾。想到牠一直在房間裡四處亂爬就狠不下心殺死，讓螞蟻繼續待在腳趾上往玄關走，再蹲下來用食指撥開。大概本能知道哪裡是外面，螞蟻直直往門口爬去，卻又撞到下面的門縫，看牠一副手忙腳亂的樣子，我幫忙把門打開。好奇螞蟻會往哪去，自己也套上拖鞋走出玄關。

螞蟻在水泥地上快速爬行。我想起小時候也常像這樣追著螞蟻跑。正當我沉浸在回憶時，螞蟻已爬進公寓和柵欄間約五十公分左右的縫隙。

縫隙間雜草叢生，看似從房屋上方窗邊丟下來的菸蒂與空罐散落一地。我朝縫隙間窺看，螞蟻已經爬進草叢間，失去蹤影了。取而代之的，是發現了兩株枝葉伸展，從長長雜草中冒出頭來的蒲公英。蒲公英長得很好，靠前方那株有二十公分高，葉子也長了將近二十片，層層疊疊圍起花朵。我彎腰觸摸葉子，摸得出葉片飽含水分，忽然感到飢腸轆轆。

我當場跪下來，抓住靠近自己的那株蒲公英根部，打算用力連根拔起。沒想到，蒲公英的抓地力比想像中牢靠，我像跟大地拔河似的用盡全力，緊繃的花莖應聲斷裂。從裂開一點的土裡露出粗壯的雪白根部，一看就知道根扎得很深。

我把扯下來的葉片塞進家居服口袋，腰彎得更低，整個上半身鑽進縫隙間，伸手去抓後面那株蒲公英。雖然沒有前面那株大，但也頗為健壯，根部牢牢嵌進地面。這次我謹慎地用雙手挖開周圍泥土，為了避免再次拔斷花莖，小心控制力道往上拉。就在將花莖拉得筆直時，周圍的土壤忽然裂開隆起，根部像掙扎的魚一樣露出地面。從挖開的地洞飄出泥土味，拔出的蒲公英根狀似牛蒡，足足有二十公分長。即使如此，往洞中一看，裡面還殘留著些許根部。小蟲從四處飛濺的沙土間爬出。我提著蒲公英根回房間，立刻開始清洗。連同口袋裡的另一株蒲公英，花葉裝了半個簍子。這時，先前插進瓶中放在流理台當裝飾的蒲公英不經意映入眼簾，心想只摘下來五天，應該沒問題，便也一起丟進簍中。

飢餓感激烈到難以忍受的程度。我用菜刀切碎葉與莖，連花一起放入鍋中燒開的滾水裡。滾水漸漸染成綠色，冒出類似水煮豆子的氣味。餓得受不了的我用長筷夾起一片來吃。牙齒磨碎花莖，隨著一股微微苦味，介於小松菜和油菜花之間的淡淡青菜味擴散口中。

預設吃到驚人滋味的我，對這淡淡的味道感到錯愕。那是非常樸實的野菜滋味，微苦中帶有清香，甚至可以歸到好吃的一類。我將煮好的葉子撈起來裝盤時，心想難得連根也摘了，不如吃吃看吧。外表近似牛蒡，應該很適合像金平牛蒡那樣加醬油砂糖炒來吃。只是這時為了省事，迅速切絲後，我只多放了一點油直接清炒。炒好的蒲公英根另裝一盤，和裝了葉子的盤子一起端上矮桌。

水煮過後，葉子縮小許多，只有少少一盤。幸好，旁邊放上解凍加熱的白飯後，看上去比平常吃的早餐還豪華。

仔細翻炒過的根部表面香酥，中間微苦，比起牛蒡更容易入口。花的部分味道清淡，口感柔軟易食。雖然也準備了醬油，但幾乎沒有使用，就這樣直接嚼起了蒲公英。窗外好像有人站在路邊，聽得見說話聲。這次是日本人的對話，明明應該聽得懂，沉迷於剛摘下的鮮綠之中，我竟然無法理解他們在說什麼。一個尖細的聲音和一個低沉的聲音混合，聽起來變得不像語言，單純只是動物喉嚨發出的聲音，使窗戶靜靜隨之共鳴顫動。

星期三，感冒已完全痊癒。午休時間一到，看到從椅子上起身的我手上拿著便當，來找我一起吃午餐的小雪睜大眼睛：

「咦？今天不是吃便利商店啊，妳自己煮的？」

「嗯。」

一如往常找了一間空的會議室就定位，小雪好奇地湊過來看我的便當，指著包在保鮮膜下的綠色炒菜問：

「這該不會真的是妳哪裡摘來的吧？」

「是啊，雖然不是艾草，但到處都有蒲公英喔。」

「蒲公英？那種東西可以吃嗎？」

「可以呀，不是常有人拿來炸天婦羅？」

「我不知道……可是別吃比較好吧？只不過是普通雜草啊。」

我抬起頭看小雪。小雪露出看見小孩從地上撿東西吃的表情，一臉為難地望著我。我想起自己不久前也和她有一樣想法，只是微笑點頭。

「……是啊，或許妳說的對，那我不吃了。」

我用保鮮膜重新包起蒲公英，打算帶回家吃。

「那這裡面放的是？」

那是加了車前草的煎蛋捲。要是連這道都不能吃的話，我的午餐就沒配菜了，倉促之間只好瞎編一通：

「是我奶奶從鄉下寄來的。」

聽到這個，小雪才放心笑了。

「喔，是這樣啊，是喔，是妳奶奶自己種的菜嗎？」

「不是，大概是奶奶從山裡摘的。」

「這樣啊，這種飲食文化果然很棒。住在都市裡就沒辦法了。」

「嗯，對啊。」

我敷衍回應，吃起自己的煎蛋捲。加在蛋裡的車前草有扎實的蔬菜味。那之後我做了各種調查，才知道蒲公英原本就是進口來當蔬菜的植物，在國外甚至放在青果行裡賣。小雪連這都不知道，光憑偏見就做出抗拒反應，卻認為鄉下山裡摘來的草很棒。我有點瞧不起這樣的她，懷著這種心情咬下一口便當菜。只要有心，在哪都能好好過生活。一直以來，只因住在東京都內就沒領悟到這點的我，也太愚蠢了。

我開始過起每天吃野生青菜的生活。傍晚時分，肚子餓的時候是找尋野草的最佳時機。那天也是，結束工作後，我換上輕便服裝，打算去採今晚的配菜。比起坐在辦公桌前敲鍵盤或計算機，我發現這才是真正的勞動。

在靠近公司而不是靠近住家的區域找，是為了趁天還亮時多跑幾個地方。因為天色一暗就看不清楚，不但分辨不出植物的種類，效率很差，也不容易開發新的摘採區域。

我那雙淺藍色的運動鞋，不知何時沾滿髒兮兮的泥巴。心滿意足地低頭看這雙鞋，想到不久前的我，連運動鞋最適合在泥土地上走的事都忘記了。人行道上盡是身穿拘謹西裝的男人或精心打扮的女人，只有我以飢渴的視線打量周圍地面。自從學會這種動物性的行走方式，我才發現過去自己只將城市裡的景色視為符號。過了這個轉角就是地下鐵站，這是人行道，那裡和那裡是餐廳……過去的我，就像這樣愚忠地追隨這類符號。當懷抱飢餓感，視線貼近地面時，這個世界才能脫去符號的鎧甲，出現本來的面貌。我那雙淺藍色的運動鞋能帶我跨越符號的意義，穿過人行道，前往任何地方。

今天我打算以春紫菀當主菜，便朝辦公大樓區內的兒童公園走去。不知是否無人管理，看來不常修剪的那座公園裡有叢生的春紫菀。光想到就肚子餓，腳步自然加快。整個辦公大樓街區的哪裡有什麼植物，我都牢牢記在腦中了，配合當天想吃的東西改變回家路徑是每天必做的事。

兒童公園有春紫菀，隔一條馬路的對向車道旁則有長了小株蒲公英的花圃。正對車道的停車場後方雜草叢間有少量車前草，我總是提醒自己不要一次摘太多。往那個方向走，內心盤算著今天吃春紫菀，明天吃薺菜。

隱約預感會有新發現，轉過一個平時不會走的轉角，一邊朝公園前進，視線一邊注意路旁地面，果然在老舊磚塊砌成的花壇裡發現與花朵群生的薺菜。我高興地蹲下來，一把拔起雜草。大概因為肚子餓了，今天的直覺特別敏銳。肚子愈餓，嗅覺愈靈敏。我深深陶醉在自己身上顯露不久的野生動物特質中。家貓變成野貓時，大概也是這種心情吧。這雖然還只是輕微的感覺，但確實在我心中生根了。

抵達目的地的兒童公園，流浪漢坐在長椅上。看到他帶著似乎是要拿去賣的大量舊雜誌，我認為自己比他更像野生人類，忍不住笑出來。享用還沾著泥土的新鮮蔬菜，當天吃多少就採多少，這是非常健康的事。如果只是少量且好好煮過，酢漿草也是毫無問題的食物。魚腥草汆燙後過水就不會有草腥味，可以用味噌涼拌來吃，也可以用油炒來吃，順口得令人難以置信。春紫菀炒培根是我最愛的一道菜，三天就想吃一次，不吃就渾身不對勁。蒲公英根部可作甜鹹口味的金平炒，直接清炒也很香。身邊就有這麼多美味又新鮮的青菜，何必特地去超市買那些枯黃乾癟的爛葉。

提著裝有薺菜和春紫菀的袋子，朝地下鐵站方向走去。四下打量，盤算著再摘一種當明天早餐。

自從這樣野人似的到處走動採食後，我連觸摸機械或建築物時，也開始感受得到溫度，有時還摸得出物體的聲音或振動。那種氣息和森林中蠢動的生命體散發的氣息非常相近。

感到背後傳來激動的低吼，轉身一看，是一台佇立路旁的自動販賣機。走過去觸摸它，用手心感覺販賣機的體溫。

發自深處的低沉聲響與振動透過肌膚傳遞，使我心滿意足，再次邁步前行。兩隻腳的動物在人行道上走來走去，有的發出高亢的吠叫，有的發出與喉結共鳴的低音，各種聲音錯綜複雜。人類嘴裡發出的聲音，在構成「言語」之前只不過是動物的「叫聲」。打從那天晚上想通這點後，我就能把那聲音當成純粹的聲音來聽了。

馬路邊停著幾輛計程車，引擎發出層層疊疊的心跳聲。旁邊是灰色液體凝固成的河川，上面有銀色塊狀物吐著熱氣流過。靜靜站在兩邊的大樓，體內有各種器官運作，內臟溫熱的晃動微微地向外傳遞。只要停下腳步，我就像浮沉在灰色海中，銀色的大魚撥開空氣發出聲音，從遠方朝我靠近，與我的表皮共振後，又再次遠去。

城市裡充滿各種氣息。空氣的振動和我那年夏天晚上感受到的確實是同一種東西。

穿過眾多生命的騷動，餓著肚子的我從這城市的縫隙之間摘採了一點點今晚要吃的東西。生物的氣息持續到遠方，似乎沒有止境。彷彿成為那騷動的一部分，我呼出的氣體攪亂空氣，我產生的振動與城市融為一體。

不經意的，我看見辦公大樓前裝置藝術旁長出的些許酢漿草。明天早上，把這加入煎蛋捲裡吃吧。這麼一想，我欣喜地湊上前，手從旁邊伸進茂密的草堆，扯下葉片。

往沉重的袋子裡一看，裡面飄出鮮綠的氣味。我很滿意，正想離開時，忽然起心動念，把手放在剛才自己挖開的泥土上。

濕氣與溫度透過手心傳遞。我的手就這麼伸進裝置藝術旁，體會著為我孕育食物的大地觸感。大地的養分從掌心流進身體，我更用力按住地面。泥土從指縫間冒出，發黃的手心沾上咖啡色的泥土。這麼看上去，我的手就像一棵樹。和植物不同，平時身體雖然與大地分離，但我依然生長於這片大地之上。證據就是，從這座城市摘採的植物遍布我身體每個角落。我將在泥土裡攤開的手指收緊，手指與泥土混合、相融，仰望從自己身上長出來的植物們。

那天，下班後的我按照平時的習慣繞路，摘採雜草，在塑膠袋裡裝滿今天要吃的份量。為了採魚腥草而來的公園裡，有個孩子蹲在地上。走近一看，那孩子似乎在堆墳墓。孩子身邊躺著一隻水藍色的小鳥，小鳥旁邊放的是用保麗龍作的墓碑。墓碑製作得莫名講究，用彩色筆寫上鳥的名字，還畫了鳥的臉，連墓碑背面都貼上色紙折成的假花。孩子一臉肅穆，我手裡抓著魚腥草問他：

「你在做什麼？」

孩子抬起頭看我。

「蓋墳墓。」

這麼回答後，他重新投入蓋墳墓的工作。小鳥死了，就要用這種符號式的方式憑弔，大概是祖母或什麼人教他的吧。我想起曾幾何時對小雪提過的父親吃雞的往事，便站在孩子背後溫柔地低喃：

「噯、既然都這樣了，不如吃掉牠吧？」

「咦？」

「小鳥用烤的很好吃喔，大姊姊有吃過。回歸塵土當然也很好，但蓋一個這種人類墳墓對鳥來說也沒意義吧？倒不如趁這機會吃了牠，小鳥才不會白白浪費生命啊。」

我自認說了很棒的話，孩子的表情卻驀地扭曲，哭了起來。看到一個像是孩子親人的女性從另一端走來，我急忙站起來，跑出公園。過了一會兒回頭看，孩子抓著母親裙襬，哭得抽抽答答。

我不知道自己為何要逃跑，可以肯定的是，那個母親也會把我當成怪人。

不知何時起，我闖進一個難以理解的地方。我可以清楚斷言，只有自己是正常的，比誰都健全。然而，和我同樣正常的孩子卻哭著對母親訴說我的異常。我抓緊手裡的魚腥草，快步向前走。一如住在森林裡的人以森林為食，住在城市裡的人吃城市度日再自然也不過。問題是，就算我這麼解釋，那孩子也只會哭得更大聲。

大家只是沒有發現而已。只要嘗試看看，就能喚醒深藏肉體的野生記憶，就會知道像我這樣以城市為食，肉體就能與水泥縫隙間的大地產生連結。這明明是非常自然的事，大家卻試都不願意試。我一邊走，一邊把捏在手裡的魚腥草拿起來啃。

第一次在沒有泡水除腥的狀態下吃這種草。放入口中那一瞬，獨特的氣味與酸味外溢。我渴求更多那令人聯想到芹菜的強烈氣味，繼續把葉子塞進嘴裡。躺在超市青菜賣場裡的蔬菜屍體沒有這種生猛鮮活的味道，撼動了我的內臟。我啃著城市的碎片，用唾液分解後吞下肚，在灰色城市中不斷前進。

隔天，在會議室裡打開便當盒，小雪看了又狐疑地問：

「妳今天的便當好像特別豪華？」

「嗯，之前鄉下老家寄了各種東西來，怕放久壞掉，早上就作了一堆吃的。不介意的話，妳也吃一點？」

「真的可以嗎？那我就分一點來吃囉。」

「嗯，請吃請吃。這應該是奶奶從山裡摘來的野菜吧……」

我深知小雪喜歡聽我提鄉下老家的事，就聊起了山林裡的風景，在草叢間行進時腳底的觸感，還有都市裡看不到的大蟲子，一邊說，一邊把菜夾到小雪的便當裡。

「好吃！」

「是喔？」

不想看到拒絕的反應，便刻意引導她到這邊的「自然」來。這麼一來就不會嚇到她，也顧及了她基於常識所擁有的感覺。彷彿愛撫一般，必須順著她的共鳴，緩緩地、緩緩地將她帶到這邊的世界。我應該已經讓小雪充分習慣這邊的生理感覺了，不過，還要讓她更加沉浸其中才行。

我感覺到自己正用一種與過去不同意義的方式吃起這個城市。等她正式浸淫這個世界後，我要再去找誰來，又要從哪裡開始聊起好呢。最初的愛撫必須謹慎行事。比方說，找個暖和的春日，走出灰色辦公大樓時，忽然從飄散的夏日氣息中感到一股鄉愁，用這種容易引起共鳴的話題當開場白，再漸漸用這邊的生理感覺滲透對方。那些話題，大概要像唸咒一樣訴說，一點一滴侵入對方的身體，應該就能逐步改變對方。

吃著醬浸薺菜的小雪瞇起眼睛看我。

「不知怎地，聽理奈提起鄉下老家的事時，都會有一股懷念的感覺呢。明明我又沒有關於鄉下老家的回憶，真是不可思議。」

「嗯，確實會有這種事喔，或許是基因夾帶的回憶吧。啊、對了對了，奶奶偶爾會寄鳥肉來給我，下次再寄來的話，我也分妳一點。妳知道嗎，我鄉下老家啊，直到小學畢業前每年快到中元假期時我們一家三口就會按照慣例開車回父親鄉下老家住上一星期老家在長野深山是典型的鄉下房屋沿著細細山路蜿蜒上山長途跋涉抵達的老家光是玄關就有家裡一間兒童房那麼大歷史悠久的房舍和埼玉的家意趣完全不同對我來說很是新鮮總是一抵達就滿屋子跑忙著四處探索房間與房間之間以紙門隔開我總是在廣大的房子裡迷路有時打開紙門時不小心闖進大人們正在休息的起居室就算因此被罵了一頓只要一獲得解放又立刻衝出去打開一扇又一扇的紙門結束家中探險後接著是戶外玩耍玩到晚餐時間肚子餓了……」

我用溫柔的語氣不斷喃喃訴說這些話語。這些記憶會一點一滴鑽進小雪的身體，在她內臟內蠢動，不知不覺遍及她的全身，小雪將逐漸失去現在的生理感覺。像我不久前發生的美好變化一樣，開始和我一起在充滿生命騷動的世界裡過健全的生活。

孵化

「遙香，婚禮要請哪些朋友來，妳決定好了嗎？」

雅志這麼問，我回答：「啊、抱歉，我一直丟著還沒回信。」語氣很是悠哉。

「妳這傢伙，這種事要好好回覆人家啊。人家可是專程來參加的，不快點把賓客名單做好怎麼行。真是的，妳每次都這麼鬆散。」

「抱歉抱歉。」

「沒關係啦，做事慢條斯理，按照自己的步調前進或許是妳的優點。」

「對啊——」

雅志一副拿我沒轍的樣子，但我知道他沒生氣。雅志早已習慣我行事潦草隨便的作風，他自己也是開朗不拘小節的個性。從我們認識時就是這樣了。雅志這人單純爽朗，彼此都是大而化之的人，反倒合得來。

「啊、對了對了，致詞怎麼辦？我這邊是要請上司和朋友致詞。」

「喔，嗯，我打算拜託亞希。」

「喔喔，亞希小姐是妳老家那邊的朋友吧？找她應該不錯唷。」

雅志點頭表示贊同時，我丟在沙發上的手機響了。

朝螢幕一看，是老家朋友寄來的訊息。

『班長，下次的午餐會不是要順便慶祝美穗升遷嗎？是不是準備個什麼特別的東西比較好？』

我依然躺在地上，雙手飛快打回信。

『嗯，我來準備。訂花和美穗想要的行事曆書套，我特別訂了加上她姓名縮寫的書套，午餐會前應該來得及拿到。』

送出信件不久就收到了回信。

『不愧是班長！真可靠！從小到大都沒變呢！雅志先生能娶到班長，往後日子就輕鬆囉，因為妳一定大小事都會幫他決定得好好的嘛。』

我正想回覆這封信，手機又響起新的聲音，這次是大學社團夥伴里香傳來的訊息。

『公主——下週慶祝妳結婚的聚餐地點是這裡唷！』

我立刻回信。

『謝謝里香香~♡♡♡』

『聽到公主要結婚，學長們都激動起來啦！公主真的是我們社團的公主呢。』

『才沒這回事~！我沒玩社群網站，都讓妳幫忙聯絡真不好意思（;o;）』

『我幫忙是沒關係啦，但妳為何不玩呢？大家都有在玩喔——』

『我開過一次帳號，可是搞不太懂嘛（*>_<*）』

在與里香信件往來時，學生時代打工的同事、高中同學、同屆進公司的同事等人陸陸續續傳了訊息來。我一邊注意著不要弄錯對象，一邊快速回信。

『我不太喜歡喝酒聚餐，抱歉，幫我轉達缺席意願好嗎？』

『真假？太厲害了唄！要傳照片給我看喔！讓我也跟岡本炫耀一下囉。』

『人家想要大學時代的照片～找了一下可是沒找到（*;▽;），人家想用來製作婚禮投影片嘛～』

『下次的午餐會，除了禮物之外，我也準備好蛋糕製造驚喜了。我打算提早到場幫忙布置，能早來的人就也拜託各位了。』

『欸——？真的嗎？我完全不知道——下次送花好了？』

就在我專注回信的當下，雅志不知何時已洗完澡，走出浴室，一邊用毛巾擦頭髮一邊在沙發上坐下。

「遙香，妳又積了那麼多信沒回喔？真是拿妳沒辦法，太漫不經心了吧。」

「是這樣嗎——」

「當然是這樣啊，待在妳身邊最久的我這樣說準沒錯。」

雅志說得斬釘截鐵，開始用吹風機吹頭髮。

「是喔——說得也是。」

我咧嘴一笑，雅志跟著笑出來。

我察覺自己沒有個性，是剛上大學不久時的事。

小時候，我是乖乖聽大人話的模範生，大家都叫我「班長」。當時我功課確實不錯，也真的常擔任班長，毫不懷疑自己天生就是當班長的料。

國中畢業後，上了一間完全沒有國中同校同學的高中。第一堂課，看到我拿出來放在課桌上的教科書時，隔壁一個褐髮女生說：

「咦？這什麼？竟然每一本課本都好好寫上名字了！啊、連筆記本也寫了！」

開學典禮上發的資料這麼要求，我只是照做而已，沒想到會被取笑，只好跟著露出微笑。看到我的笑容，那個女生態度更親暱了，看上去顯得很輕鬆。我們臉上的肌肉配合彼此的態度牽動，我有這種感覺，於是更加放鬆緊繃的肌肉。那個女生往我課桌抽屜伸手說：

「也可以看看妳其他的課本嗎？」

「哇！這孩子全都寫上名字了耶！超好笑的啦！」

那個女生將我工整寫上姓名的筆記本出示給周圍其他人看。我露出傻笑，她們將我的表情解釋為「笑她也沒關係」，像是應和這個解釋般，更加放心調侃我，還有人爆笑起來。

我想進一步應和大家，冒出這個念頭的瞬間，嘴裡已發出滑稽的聲音：

「欸？可是老師說要這麼做啊——我還以為大家都這麼想呢——」

我那傻氣的語氣逗得大家更開心了。

「這孩子超天然呆的啦！天然呆到這種地步根本就是真的呆，超好笑！」

「咦～人家才不是天然呆呢～」

怎麼會這樣，自己怎麼會用這種語氣說話，我內心這麼想。看到女生們笑成那樣，我在倉促之間選擇扮演她們想像中的「我」了。

褐髮女生好像很中意這樣的我。

「我說妳啊，實在很有意思耶，叫什麼名字？」

她這麼問。

「高橋遙香～」

像是合唱表演，我「應和」著她們的反應，用滑稽的聲音自我介紹。

那天起，我成了「天然呆又有點傻」的女生。被稱為「班長」的國中時代消失，曾幾何時，大家都親暱地叫我「遙呆」。

「真拿妳沒辦法，遙呆就是天然呆。」

不可思議的是，我做的事和「班長」時代沒有絲毫不同，現在卻被大家取笑，不時摸摸我的頭或戳戳我，把我當成寵溺的對象。

「遙呆應該交不到男朋友吧，因為妳實在太天然呆了。」

「欸——我才不想這樣咧！」

成為「遙呆」之後，我說話的語氣改變了。不過，以感覺來說，和「班長」時代沒有太大不同。一樣都是說話時自動應和大家，做出他們想看到的反應罷了。

我漸漸習慣當「遙呆」。「遙呆」的言行舉止都是那麼傻氣，很受班上同學喜愛。很快地，到了考大學的時期。我考上一所完全沒有高中同學就讀的大學。「遙呆，沒有我們陪在身邊，妳行嗎？」「好擔心喔，因為遙呆妳真的很天然呆嘛」，朋友們全都對我放不下心。

上了大學最好參加社團，多交點朋友喔。聽從高中同學這樣的建議，我加入了電影欣賞社。這是個邊看電影邊吃吃喝喝，再將觀影感想作成小手冊的社團，我想，就算是呆呆的我也沒問題。

「你好，我叫高橋遙香，你也是大一新生嗎？」

我試著對一個顯然是已畢業學長的人打招呼。對方敲了敲我的頭說「我怎麼可能是大一新生」，大家都笑了。身為「遙呆」，我這時的行動應該稱得上完美。

「不會吧，怎麼可能不是？」

「妳是天然呆喔？」

一如預料，笑聲此起彼落。正當我認為在這裡也可順利扮演「遙呆」時，一個高傲的聲音說道：

「天然呆但可愛，我最喜歡這種傻呼呼的女生了。」

那是一個令人一眼就注意到的美女，莉奈學姊。聽她這麼一說，「真的很天然呆耶」、「真可愛」其他女生也開始竊竊私語。瞬間，她們的反應中出現與「遙遙」時代不同的化學變化。

「我也最喜歡像學姊這麼漂亮的人了。」

我瞬間探測到「當下」的氛圍，抱住說了那番話的莉奈學姊。莉奈學姊一邊摸我的頭，一邊說「好乖好乖」。其中一位學長故意戲弄我：

「欸，我喜歡妳這種型的妹子，告訴我聯絡方式吧～」

面對他半開玩笑的語氣，我正思考著如何應對時，撫摸我頭髮的莉奈學姊立刻嚴厲地對那學長說：

「喂、板谷，不准你亂把妹。聽好了遙香，這個社團的男生都是輕浮的傢伙，可不能被他們騙了。我會好好保護妳的。」

「好喔～」

聽到我活力十足的回應，大家也紛紛應和起我這配合「當下」氣氛的說詞：

「好過份喔，遙香妹子。」

「遙香妹子有男朋友嗎？沒有的話我們就有機會啦！」

「下次跟我約會嘛！」

到了這個地步，不管我說什麼，「我」這個人只會愈來愈型塑為某個「角色」。

學長們一故意捉弄我，莉奈學姊就會對我招手說：「遙香，那邊危險，過來我這邊。」

這個模式已成為社團內固定上演的小短劇，不管是聚餐喝酒還是戶外烤肉，只要舉辦活動的日子，一天就會這麼玩上幾次。

不知不覺中，我在社團裡的綽號成了「公主」。

外表和被叫「遙呆」時沒有什麼不同。我也知道事實上，學長們想開玩笑的對象是漂亮的莉奈學姊。只是為了呼應大家對公主這個「角色」的期待，我開始逐漸改變穿著打扮，選擇比「遙呆」更適合「公主」的服飾。

「遙呆」是個少根筋的角色，多半做運動上衣配寬鬆長褲等休閒打扮，「公主」則經常穿有蕾絲花邊的粉紅或白色洋裝。我完全沒有「自己決定要這麼穿」的感覺，只是在社團內打造出的「角色」命令下，穿上這些衣服。

我也開始在有可愛制服，最適合「公主」角色的家庭餐廳打工。

「那麼高橋小姐，請妳協助其他人，把這些搬到倉庫。」

「是！」

穿著雪白圍裙制服的我，精神抖擻地回應。

同事們分工合作搬運業者送來的蔬菜及冷凍食品等食材，我也加入其中，打算扛起裡面看起來最重的生啤酒桶。

這是扮演「公主」時養成的習慣。不管是去烤肉還是社團裡的工作，我都會作勢去拿最重的東西。這麼一來，學長們就紛紛上前，用開玩笑的語氣說：「公主，我幫妳」，「所以等一下要給我妳的聯絡方式喔。」接著，莉奈學姊和其他女生就會說：「不要這樣啦！你們再招惹公主，等一下莉奈學姊會生氣喔！」或「公主乖，過來這邊，我們一起準備青菜好不好？」把我帶走。這是社團裡的固定模式，這時的我也習慣性地伸出手。
「哇！妳扛得動這麼重的東西喔？」
聽到這聲音，我回頭一看，是和我年齡相仿的男工讀生。
「真的假的啊？這種東西女生應該沒辦法吧？」
我在這些話語中讀出他們對某種「角色」的期待，一鼓作氣抬起酒桶。
「還真扛得動喔！超強！」
我用男性化的語氣對男生們說：「這點東西，小意思。」
「高橋小姐好帥氣！」
「看妳外表這麼女性化，真沒想到……」
這時，我又「應和」了。
「這點東西真的沒什麼啦。」
「真的假的，妳這傢伙其實是男人吧？」
聽褐髮男生這麼一說，我用輕佻的語氣回：「少囉唆啦，你也去搬那邊的箱子啊。」逕自將啤酒桶搬進倉庫。
這件事過後，打工地方的人都叫我「遙夫」，在那裡，我是個被當成男生對待的女生。

「角色」在群體之中不斷演化。不只語氣，「遙夫」的行動漸漸粗魯起來，穿的衣服也是，學校沒課只需要打工的日子，我變得只穿簡單襯衫配牛仔褲等男孩子氣的裝扮。

「遙夫，妳去廚房啦，那邊比較適合妳。妳穿服務生的制服真的超不搭。」

「你很囉唆！啊、請給我員工餐！」

「嗚哇，竟然一大早就吃牛排丼！妳真的是女孩子嗎？」

我笑著輕輕踢那男生一腿。

「痛痛痛，遙夫踢人真的超痛的！」

那個男生笑了，廚房裡的大家也笑了。我言行舉止愈像男孩子，大家就愈喜歡我。

這時，我終於有了明確的自覺。

我是個沒有個性的人。

我只會選擇在某個特定群體中「受人喜愛」的話語來說，做出適合那個當下的「應和」。我是一個只會這麼做的機器人。

不管在社團還是打工的地方，我都大受歡迎。久違回老家時，我會恢復「班長」身份，和高中同學聚會時的我則是「遙呆」。無論角色增加得再多，這四個人在我身上仍一點也不矛盾。因為，我只是個在群體中做出「受人喜愛反應」的機器。

我「應和」著，受人喜愛或稱讚的機能特別發達，只要被人說「那種事一點也不像○○」，那個部分的我就會漸漸欠缺。我的輪廓不是我的輪廓。

不過，應該不只我有這種特性吧。仔細觀察就會發現某某人正在「應和」，這樣的事其實很多。我們在群體中反覆「應和」，塑造自己扮演的「角色」，並遵從這角色的設定。所謂「真正的自己」或許不存在任何人身上，我這麼想。

我和機器人唯一的不同，只在有沒有「希望受人喜愛」或「想融入群體」的想法。那並不等於對情感的渴望，純粹因為在群體中受人喜愛或融入群體對各方面都有好處，原因就是這麼功利。人類從石器時代開始過群體生活，這種想法或許也可說是本能了。在每個群體裡都受人喜愛，順利融入，如此就能保護自己，人生也過得更順暢。我的動機就是這麼簡單。

某個星期天打工時，莉奈學姊光顧了我打工的地方。

「哎呀，公主，妳在這打工啊？」

一時之間，我猶豫該用哪個「角色」說話。只是，莉奈學姊就在眼前，姑且配合她選擇了「公主」的語氣回答「對啊～」。

「制服很適合妳耶，社團裡那些傢伙要是知道了，一定會統統殺過來的。」

「呀～請不要告訴其他人啦～人家還沒習慣，被看到很害羞耶……」

學姊點點頭，一副理解的模樣。

「要是社團那些人專程為了看公主妳跑來，也會給店家添麻煩的嘛。放心，我絕對不會告訴別人，公主就由我來保護。」

莉奈學姊點了咖啡和甜點紅茶凍。我走進吧檯後方，準備製作甜點，另一個打工的男生過來跟我說話：

「遙夫，那個美女是誰？妳朋友？」

「社團學姊。」

「真假，跟妳完全不一樣嘛。好讚喔，嗳、介紹一下啦。」

「少囉唆，快去外面打掃吧你。」

我習慣性地用腳輕輕踢了男生的小腿，這是「遙夫」風格的反應，男生也笑著往外走了。

我忽然心頭一驚，從吧檯裡朝莉奈學姊望去。學姊沒有看這邊，我鬆了一口氣，把甜點和咖啡端上去。

「謝謝。」

學姊這麼說，但看也不看我一眼。

結帳時，學姊對收銀機後面的我說：

「公主，原來妳有雙重人格啊。」

我一時不明白她的意思，愣愣拿著找零。學姊從我手心一把抓走零錢，走出店外。

後來，我去社團時，莉奈學姊都對我視若無睹。

「那女是雙面人。」

同為一年級的社員偷偷告訴我，學姊在我背後這麼說。

「她一定是嫉妒公主妳啦。畢竟在公主入社前，莉奈學姊可是社團裡的女主角，可是現在大家都疼公主，學姊大概吃醋了吧。」

社團其他女生這樣安慰我，只有我知道實情並非如此。

我在不同群體裡扮演不同「角色」。學姊一定認為這樣的我卑劣又虛偽。

說不定像這樣配合不同群體改變「角色」的不只有我。但是看到莉奈學姊冷淡的態度，我忽然感到可恥。莉奈學姊後來就不太來社團，留下依然頂著分裂「角色」面具的我。

我曾以為大學畢業找到工作後，就不太需要「應和」了。

我任職的是工地鷹架建材的出租公司。或許因為總公司在大阪的緣故，公司氣氛就像大家庭，聚餐機會也多，但我不太常參加。中午總是一個人吃，除了工作上必要的聯絡，幾乎不與他人交談。

不知何時起，我在公司裡被稱為「神祕高橋」。詢問原因為何，上了年紀的女同事拍拍我的背說：「因為妳看上去很酷，老是獨來獨往，感覺很神祕啊。這是稱讚的意思喔。」

搞什麼啊，就算自己什麼都不做，也會被塑造出「角色」嗎。我總覺得難以接受。

或許因為公司裡性格溫厚的人比較多，大家都把「神祕高橋」解釋為又酷又神祕的正面意思。上司對我說：「神祕高橋小姐，下次聚餐要來喔～」我又忍不住配合眾人對這角色的期待，回答：「不了，我有點私事。」上班時會戴抗藍光眼睛，我選了銀色鏡框，造型愈來愈像個「神祕高橋」。

「角色」一旦塑造出來，除非群體消失，否則將一直存在。直到現在，我和老家朋友見面時仍是「班長」，和高中同學見面時是「遙呆」，和大學社團夥伴久違地碰面喝酒時是「公主」，大學時代打工同事傳訊來時還是叫我「遙夫」，跟公司同事說話時的我就扮演起「神祕高橋」，同時有五個角色活在我身上。

男友雅志對此事並不知情。當初高中同學對我說「遙呆也差不多該找個對象了」，將雅志介紹給我，我們也就展開交往。所以，在雅志面前，我扮演的是「遙呆」的角色。

雅志看上去是個性開朗，表裡一致的好青年。但事實真是如此嗎？說不定他在公司同事面前陰沉古板，在老家的朋友面前卻是王子型的人物，和我一樣同時扮演多種「角色」。

雅志沒有和其他四個我說過話。他一直相信我是個有點呆傻，很好打發的「遙呆」。

『致詞沒問題喔，也只有我能做這件事了吧。』

隔天早上亞希如此傳訊回覆，我才鬆了一口氣。

『那下週末我可以去妳家嗎？想預先討論一些事，順便好好答謝妳。』

『「班長」，別用這麼生疏的語氣跟我說話啦。我會準備蛋糕，妳空手來就好，大概像「遙呆」那樣就行了，拜託囉。』

亞希這麼回信，我便回覆『耶，太棒了～謝謝！』，還加上「遙呆」常用的表情符號。

亞希是我從國小到現在的朋友，也是唯一知道我扮演五個「角色」的人。

莉奈學姊淡出社團不久，從小就認識的亞希碰巧也來我打工的餐廳打工，當時我心想「完蛋了」。

我以為亞希也會罵我「雙重人格」或「雙面人」。可是，看到用男生語氣說話的我，亞希只說：

「欸，班長妳的人設怎麼變了？」

我們讀的大學距離很近，又是同鄉，漸漸地，下班後經常一起回家。有天，我鼓起勇氣對她說：

「亞希，其實啊，我只有在打工的時候像個男人婆。」

「喔，嗯，我當初也嚇了一跳啊。不過，要是我們都還像小學時代一樣，那才叫奇怪吧。」

亞希笑著這麼說，我還是很嚴肅：

「其實不只這樣，我還有……」

「還有……什麼？」

「那還不是全部，還有其他的我。」

和亞希獨處時，我自然而然變回「班長」的語氣。

亞希似乎有些錯愕，但很快就噗嗤一笑：

「我說班長啊，妳以為自己在演《化身博士》嗎？班長，妳在大學裡是不是沒有好好讀書？配合周遭的人發展出幾個不同人格，這對人類來說是很正常的事喔。」

「可是我的狀況或許是異常的，畢竟再怎麼說，我每張面具的形象實在相差太多了，而且面具底下什麼都沒有，這還算正常嗎？大家就算戴著面具，底下也應該有『真正的自己』吧？」

看我這麼嚴肅，亞希也收起笑臉，認真思考了一下。

「……嗯，班長，妳是不是想得太嚴重了？我總覺得這股認真就是班長妳的『真面目』啊。雖然我不是專攻心理學，也不太清楚就是了。」

「妳想不想看看？我希望妳也見見其他的我。」

「是可以啊……」

於是，我帶亞希一起參加社團聚餐。

踏入居酒屋包廂的瞬間——

「抱歉我遲到了～這位是亞希，是我最好的朋友唷　」

聽到我用與平常完全不同聲調嚷嚷，亞希顯得相當驚訝。

「公主，過來這邊嘛——學長們可囉唆了，說公主還沒來就不准乾杯呢！」

「這位是公主的朋友？哇，是個美女耶！過來過來，坐我們這邊。」

我緊緊摟住亞希的手臂。

「好喔～！亞希，我們過去吧！」

我坐在不知所措的亞希身邊，親暱地靠在她身上。

自己也不明白為何要這麼做。只是內心自動開啟了「公主」的言行舉止，配合周圍的人說的話或做的事，做出符合設定的反應。

聚餐結束，我拒絕說要「送妳們回去」的學長，和亞希一起搭末班車回家。

「……覺得怎麼樣？」

「哎呀，真是嚇到我了。」

「果然如此？我到底是哪裡有毛病啊……」

靠著電車上的扶手，亞希沉思了半晌。

「嗯……嚇到是嚇到，但也有點覺得說到底，人類就是這麼回事吧。」

「咦？」

我不由得往前抓住亞希問：

「妳這麼認為嗎？」

「嗯……聚餐的時候，我看著班長妳，自己也一直在思考。雖然不管怎麼說妳真的是太極端了，但我發現，妳這麼做是為了讓當下那個空間裡的人事物順利進行。以這樣的心情為最優先時，人類真的什麼都做得出來呢。看著今天的妳，我得出了這樣的感想。」

「這樣啊……」

「班長從以前就是這樣的人啊，總是在意著班上的氣氛好不好。就算人家叫妳『公主』，也一點都不覺得妳想藉此博取眾人喜愛，感覺妳只是回應眼前發生的狀況而已。怎麼說呢，對了，跟帕爾波很像。」

「帕爾波……？」

「咦？妳不知道嗎？就在我們老家車站前啊。最近不是到處都有那種會講話的機器人嗎？就是那個。不過，只是會簡單的打招呼，對某些單字做出反應，完全沒辦法交談就是了。前陣子滿流行的。」

「這樣啊。」

我好像懂她的意思了。

「我可能真的跟帕爾波一樣，說不定我是來自未來，性能更好的機器人。」

喝了太多西班牙水果酒，有點頭暈腦脹的我這麼嘟噥。

亞希笑著摟過我的頭，讓我靠在她肩膀上。

「班長真是的，妳喝醉了喔，睡一下吧。」

她這麼說。

「嗯……」

「現在講話的人是班長？還是公主？還是遙夫？」

「……我不知道……」

「是喔？連妳本人都不知道？」

「因為我只是『應和』啊。扮演哪個角色，取決於對方認為我是誰。所以，我自己無法決定自己是誰……」

聽了我的話，亞希似乎輕輕倒抽了一口氣。

電車朝「班長」出生成長的老家駛去。窗外一片漆黑。閉上眼睛的我在電車的搖晃下感到好舒服，駛過「公主」的日常活動範圍，電車帶著我們回到「班長」的出生地。

週末，我帶著櫻桃造訪亞希住的公寓，亞希無奈地笑著說：「今天來的是班長吧，不是叫妳別這麼客氣了嗎？」

把櫻桃和事先準備的蛋糕擺上桌，亞希一邊端著紅茶出來一邊說：

「所以遙香，妳打算怎麼辦？『班長』、『遙呆』、『公主』、『遙夫』和『神祕高橋』，參加婚禮的賓客分別認識這五個不同的妳，妳究竟打算用哪個『角色』出現在婚禮上？」

「這就是問題所在啊……」

和亞希獨處時，我多半用「班長」的語氣說話。看到我嘆氣的樣子，亞希都傻眼了。

「如果只是致詞，還能想辦法矇混過去……可是，像是新郎新娘為每桌點蠟燭時，難道妳每換一桌就要換個角色嗎？那樣豈不成了恐怖片。」

「所以我一直說只要請自己人就好啊。但雅志說他朋友多，堅持非得舉行婚禮跟二次宴會不可。」

「唉，既然已經決定了，那也沒辦法。」

「一般人都是怎麼樣呢？就算沒有我這麼誇張，亞希妳也說過自己會配合別人稍微改變性格不是嗎？妳會用哪個時期的自己舉辦婚禮？」

亞希小時候是個「文靜乖巧」的女生，大學時代卻被說是「說話不客氣，好勝心強，讓人不敢親近」，進了現在的公司後，則好像是以「療癒系大姊姊」的形象走天下。儘管不到我這種程度，大家應該都會轉換「角色」吧。那麼，大家都是怎麼舉辦婚禮，又是如何在社群網站上展示自己的呢？

「看是選擇跟伴侶在一起時自己的形象，還是配合賓客人數最多的那個群體……我想應該會是那個人心目中『最接近私底下自己』的那一面吧。」

我嘆口氣。大家究竟為何能如此輕易地「統一」自己呢。

在以前的社團夥伴催促下，我也曾玩過社群網站。結果，不知從哪裡搜尋到我的名字，兒時玩伴、高中時代的朋友、社團夥伴、打工同事和現在公司的同事都加了我的帳號，在這種會被所有人看到的地方，到底該寫什麼才好。

就連該用什麼當頭像都無法決定。如果用了「公主」會選的可愛彩色馬卡龍照片當頭像，認定我是「遙夫」的人一定會感到不對勁；如果選擇適合「神祕高橋」形象的深海魚照片，「遙呆」的朋友又會覺得奇怪吧。

看看大家的頁面，不是發表自己作了什麼料理，就是分享自己去了什麼地方，都是些自然不造作的貼文。究竟得選擇怎樣的「角色」，才能辦到像他們這樣呢？我害怕起來，立刻刪除了帳號。

「就我看來，大家才奇怪呢。」

情不自禁這麼嘀咕，亞希聽了露出苦笑。

「大家都在網路上扮演自己想成為的『角色』吧？或許可以說是一種理想，也希望身邊的人如此看待自己，才會反過來沉迷於社群網站。」

「總之，我會去問問雅志的意見。配合雅志，以遙呆的形象舉辦婚禮當然也是一個辦法，但那麼一來，絕對會有人覺得奇怪……與其被認為有雙重人格，不如一開始就說清楚還比較好。」

聽我這麼一說，亞希點點頭，表情有點擔心。

「嗯，能這樣是最好……」

「雅志雖然單純，但他是個好人，一定能諒解我的。」

我這麼說，亞希微笑點頭。

「對了，我準備了新婚禮物。你們兩個都喜歡喝葡萄酒對吧？所以就決定送上次妳說想要的氣泡酒專用酒杯。」

「欸，不好意思啦，怎麼這麼客氣。謝謝囉，太高興了。」

喜歡喝氣泡葡萄酒的是「遙呆」。「遙夫」愛啤酒，「公主」多半喝紅酒基底的西班牙水果酒。「班長」經常擔任聚會主辦人，只喝烏龍茶，就算喝酒，頂多也是一杯檸檬沙瓦。「神祕高橋」則喝加冰塊的燒酎或威士忌。

肉體明明沒有改變，不同「角色」酒醉的速度竟也各不相同。因為在雅志面前的角色是「遙呆」，貼心的亞希是顧慮到這一點，才會選擇氣泡酒專用酒杯吧。

「謝謝妳。」

我心懷感激收下酒杯，語帶猶豫的亞希小聲說：

「其實，還有一個禮物。」

「咦？那怎麼好意思。」

符合「班長」的作風，我老實客氣地推辭了。亞希卻微笑道：「雖然一直沒能送給妳，但我思考這份禮物很久了。放心，這次是不花錢的東西。」

「妳今天怎麼還是那麼懶散！有空的話就把婚禮的事辦一辦啊，真是拿妳沒辦法耶！」

週末，看到在客廳耍廢的我，雅志這麼說。

「正式準備雖然還不急，像是預約試穿禮服啦，寄請帖啦，這些都可以開始做了吧。」

被雅志這麼一說，我也下定決心了。走向寢室，從書櫃上拿出檔案夾，回客廳坐在桌前。

「在那之前，我有個東西想先請雅志選。」

「什麼？婚宴會場的人提了什麼嗎？」

「是這樣的，目前存在著五種類的我。我自己選不出來，所以想請雅志選。」

雅志一副聽不懂我在說什麼的樣子。

「我想了各種方式，覺得用禮服來說明應該比較好懂。為了讓你更容易理解，我為不同的『我』各自選了一套禮服。這件蓬蓬裙洋裝是『遙杲』的，而『遙夫』的禮服絕對比較適合褲裝。『公主』是這件，使用大量蕾絲，很女孩子氣的禮服。『班長』是這件傳統禮服。『神祕高橋』的話，復古洋裝應該很不錯。噯、你覺得哪個『我』比較好？」

「妳在說什麼啊？」

原本躺在沙發上的雅志，皺著眉頭起身。

「雅志會用哪個『雅志』出現在婚禮上？雅志一定也不只有一種吧？配合雅志選擇用哪個我也是個辦法，總之，只要先決定用哪個『我』，剩下的事就很好解決了。包括喜帖的設計風格、捧花的顏色、戒指的款式、桌巾的顏色、蛋糕的形狀和贈送賓客的婚禮紀念品，全部都能確定下來。重要的是先決定用哪個『角色』，接下來我就知道怎麼做了。所以，只有這件事讓雅志做選擇好嗎？剩下的全部交給我。」

「妳是怎麼了遙香？說真的，發生什麼事了？」

雅志一頭霧水，我像當初對亞希說明時那樣，仔細地向他解釋自己的五個「角色」。

「光這樣說明可能很難懂，不如實際演練給你看吧。本來只該分別存在不同群體中的，只有今天特別讓雅志一口氣看到喔。『喂，雅志，你這傢伙，冰箱裡的啤酒都被你喝光了吧？那很貴耶，你開什麼玩笑啊！』這是遙夫。啊、你嚇到了嗎？畢竟聲調和語氣完全不一樣嘛。『雅志啊～你有剪刀嗎？人家的剪刀不知道跑去哪了，沒辦法剪下這件洋裝的吊牌～這麼可愛的洋裝都不能穿了啦～』這是公主。亞希常模仿公主，好像是因為最容易模仿。

『雅志，你把指甲刀放到哪裡去了？我不是說過，要好好收在這裡嗎？共同生活就要遵守規矩啊。』這是班長。雅志你有時候滿邋遢的，說不定正適合跟這麼一板一眼的人一起生活。

『我現在正在看書，別跟我說話好嗎？』這是神祕高橋。你覺得跟哪個角色一起生活最輕鬆？我都可以，請雅志選吧。我也想趁結婚的機會『統一』自己。」

雅志鐵青著臉凝視我，為了讓他搞得更清楚一點，我用「班長」的語氣耐心說明：

「你想想看，之後請朋友到新家玩，或是找大家一起來烤肉的機會應該會增加吧？我認為要克服的不只婚禮上的問題，所以，必須藉此機會把我『統一』起來才行。就算面對不同群體時展現不同人格是很正常的事，我的人格之間差異實在太大，會讓大家感到不安的。你懂我的意思嗎？」

「不懂！妳是誰啊？遙香才不會用這種語氣說話！」

「公主」溫柔安撫激動的雅志：

「雅志，你還好吧？不怕、不怕，鎮定一點，放心吧，沒事的。遙香只是有點極端，其實每個人都是這樣的喔，好嗎？對了，我泡熱紅茶給你喝吧？這樣雅志的情緒應該也能鎮定下來吧～？」

摩挲他的背，雅志卻迅速後退，甩開我的手。

「妳又是誰？我被騙了……妳一直欺騙我……妳不是真正的妳！」

「你是不是太激動了點？想想看，你自己也有這樣的一面吧？對家人、對公司同事和對我說話的，應該都是不同的『你』才對。就算問你『真正的雅志』是誰，你也回答不出來吧？」

被「神祕高橋」這麼一指摘，雅志起身逃到房間角落。

「別逃避，我已讓你看到全部的自己。別想逃避自己察覺的事，換個想法，世界上還有別人願意這樣展現全部的自己嗎？面對現實吧！」

「遙夫」的話令雅志更加激動。

「囉唆囉唆囉唆！妳什麼都別說了！我快發瘋了！」

他這麼吶喊。

「不要過來！別跟我說話！」

雅志推開我，把自己關進寢室。不管「誰」隔著門跟他說話，他都不肯出來。

我放棄了，躺在客廳沙發上。就這麼躺著，朝「遙呆」隨手亂放在客廳裡的包包伸出手。

要是可以不用，我也不想用。但是，亞希送我的這項「新婚賀禮」，現在真的非拿出來用不可了。我嘆口氣，從包包裡拿出一張紙。

「來，這個給妳。收好喔。」
那天亞希送我的，是一張履歷表。
「這什麼？」
「第六個遙香。我創造出來的。」
上面貼著一張不是我的大頭照，履歷表上寫著此人至今的人生經歷與興趣嗜好等等，非常詳盡。
「這是誰？」
「備用的遙香，遇到麻煩時就拿出來用吧。」
「備用的我……？」
亞希一臉認真地低聲說：
「如果遙香在婚禮上統一自己，大家想看到的一定是『真實的妳』，認為至今的遙香都是假的，希望妳坦然露出『真實』的一面。可是，其實遙香妳根本沒有『真實的一面』對吧？這就是為了那種時候準備的遙香。只要讓大家看到這『第六個妳』，大家就會接受了。」
「這樣啊……只要有這個，就算是像大學時代的莉奈學姊那樣的人，也會願意接受嗎？」
「應該會。今後，妳一定還會遇到不同群體的朋友齊聚一堂的時刻，到時候就用這個吧。

這就是我送妳的新婚賀禮喔。當然，紅酒杯也是我真心選購的禮物。」

「是喔……那這個『遙香』是怎樣的人？」

因為亞希寫得實在太詳細了，比起自己慢慢讀，還是直接問她比較快。

「我把這角色塑造得很醜陋。」

「醜陋？」

「因為人們總傾向相信醜陋的東西。」

亞希露出嘲諷的笑容，優雅地翹起二郎腿。

「人這種動物啊，比起乾淨漂亮的東西，在看到骯髒醜陋的東西時，更會嚷嚷『真相水落石出了』、『這才是真實的一面』。擅自想像出一套老掉牙的故事說服自己，好讓自己放心。」

「為什麼要這麼做？」

「誰知道呢？總之，聽到漂亮話後面說出的難聽話，幾乎所有人都會堅持『說出真心話了吧』。遇到相反的狀況時，人們則會大聲抗議『少說謊了，偽善者』。大概是那種組合才能讓人放心吧？得知事物的本質乾淨無瑕時，人們總是坐立不安。」

「真奇怪。」

我忍不住這麼嘟噥。

亞希摸摸我的頭。

「派不上用場是最好，所以我才說是備用的，讓妳當護身符。妳就收好吧，有什麼萬一時才能拿出來用。」

「謝謝妳，亞希。」

當然也很喜歡紅酒杯，但亞希盡全力理解我的心情更值得感恩。

「酒杯妳帶回家跟雅志用，現在我們倆也來乾杯吧？」

「嗯！」

我們對著履歷表乾杯。

「『班長』，恭喜妳結婚。」

「謝謝。我會好好珍惜亞希送的禮物。敬第六個我！」

聽我這麼一說，亞希忍不住噗嗤。屋內響起我們的笑聲與碰杯的聲音。

隔天早上，躺在沙發上睡覺的我，被雅志的腳步聲吵醒。

「早。」

雅志雖然很困惑，嘴上還是說著「抱歉，昨晚我霸占了臥室」，眼神刻意不看我，逕自往廚房走去。

「吃早餐前，我有話跟你說。」

「有話……？」

「抱歉至今欺騙了你。『真實的』我願意向你坦承一切。」

我這句話，令雅志睜大雙眼。

「其實，我是個非常醜惡的女人。我一方面詛咒、憎恨這個世界，一方面掩飾起那樣的自己。老實說，我一直嫉妒雅志你，也憎恨這個健全的世界，我是個像怪物一樣的女人。」

聽了我這番話，雅志非常驚訝。我繼續淡然的獨白，供出虛構的自己。

「從小，為了受人喜愛，我一直偽裝自己。對愛的飢渴在不知不覺中扼殺了『真實的我』。不管面對誰，我都習於扮演虛構的角色，為的是得到對方的愛。可是，我心中一直有個還是孩子的我不斷哭泣。

漸漸地，我開始憎恨這個世界。陷入妄想之中，想殺死過得幸福的人。看到好友亞希什麼都不做就能受人喜愛，我曾故意藏起她的室內鞋。我就只是嫉妒。憎惡所有被愛且幸福的人。明知誰都沒有錯，我卻無法克制自己的怨念。

認識雅志時，我心想，這人完全就是我的目標。全世界都喜愛性情開朗的你，只要我能得到這樣的人，就等於報復了全世界。可是，我無法壓抑自己對你的嫉妒心。上次我不是煮了很辣的湯嗎？那也是出於怨恨才做出的行為。把你的掏耳棒藏起來，故意在浴室裝舊燈泡的人都是我。」

「是妳……」

「把你錄起來準備看的足球賽刪掉的也是我喔。無法克制對這世界的怨恨，我的手不聽使喚地動起來……」

一邊這麼說著，一邊懷疑雅志真的會相信這麼老套的故事嗎。就算雅志再怎麼單純好騙，真有人會對這種事不疑有他嗎？

即使半信半疑，我還是在雅志面前跪下。彷彿在教會神父面前懺悔，雙手交握的「第六個我」繼續訴說。

早晨的陽光從窗簾間照進屋內，昏暗的房間裡，一道筆直光束在地板上延伸，像是我與雅志之間的一道裂痕。

「這骯髒、醜陋、膚淺、愚昧又瘋狂的我，才是『真正的我』。你很失望吧？至今一直瞞騙你，對不起。」

「妳現在也憎恨著我嗎？」

雅志這麼問，困惑的聲音中帶著奇妙的鎮定。
「是啊，很可怕吧？很醜陋吧？可是，說來卑鄙，我也真的很愛你。是不是很噁心？」
雅志撲向我，還以為他要把我當成敵人攻擊了，沒想到不是。雅志緊緊擁抱我。
「原來，這才是『真正的遙香』！謝謝妳，只讓我看到全部的妳！」
驚人的是，雅志竟然在哭。趴在跪地的我身上，用全身環抱住我。窗外照進來的那道光束，正好落在這樣的雅志身上。看在我眼中，就像那道光束將雅志分裂成兩半。
為了「應和」「第六個我」，雅志身上誕生了新的雅志。我正親眼目睹新的雅志誕生的瞬間。
雅志臉上的肌肉做出過去的雅志從未有過的動作，牽引嘴角向兩旁咧開，鼻樑挺直，眼角下垂，額頭擠出皺紋。創造了一張「新面孔」的雅志對我微笑。
「讓妳一個人受苦到現在，是我不好。今後，放心將妳的一切在我面前攤開吧，『小Ha』，我將持續為妳付出不求回報的愛，一定會拯救妳的！」
「『小Ha』……？」
我在恍惚之中反問，雅志的臉笑得更皺了，對我露出慈愛的笑容。
「這是從遙香的拼音Haruka和漢尼拔．萊克特的Hannibal取開頭兩個字來的喔。很棒的綽號吧？以後妳也可以不用叫我雅志（Masashi），就叫我『Mother』吧，這發音剛好跟Masa很像，再適合我也不過。今後，我們就是小Ha與Mother了，一切都會沒問題的。」

我戰戰兢兢抱住緊摟著我的「Mother」，因為想不出其他反應，這是我唯一能採取的「應和」。

「Mother！」

「小Ha！」

我們緊緊擁抱彼此。室內瀰漫著一股非這麼做不可的強制氛圍。

「婚禮的事也全都交給我吧。『真正的妳』雖然是我們之間的祕密，今後還是要慢慢向大家透露『真正的小Ha』，答應我好嗎？」

「嗯……」

冷氣吹出的風掀起放在桌上的紙張，那是我們婚後要住的新房的資料。此後，我們一輩子都要生活在密室中。在「夫妻」這個人數最少的群體中，永遠扮演「小ha」與「Mother」活下去。

那個單純開朗的「雅志」，已經從我們的世界中消失了。在其他沒有我的地方，那個他或許會繼續存在，但我已經一輩子都見不到他了。

我緊緊攀住「Mother」，不知為何流了眼淚。大概是「應和」的演技發揮過頭了吧，又或者是失去「雅志」令我太悲傷，自己也搞不清楚原因究竟是什麼。

「小Ha！」

察覺我的眼淚，「Mother」似乎很傷心，又看似很開心地撫摸我的背。「Mother」撫摸我的手，完成了我的形狀。

強忍哭號的衝動，「小Ha」在「Mother」懷中閉上眼睛。窗簾縫隙間射進來的陽光消失，烏雲籠罩了天空。

PL00085

生命式

作者—村田沙耶香
譯者—邱香凝
編輯—黃煜智
校對—魏秋綢
企劃—吳儒芳
封面設計—陳威伸
內頁排版—綠貝殼資訊有限公司

總編輯—胡金倫
董事長—趙政岷
出版者—時報文化出版企業股份有限公司
108019 台北市和平西路三段二四〇號七樓
發行專線—（〇二）二三〇六六八四二
讀者服務專線—〇八〇〇二三一七〇五、（〇二）二三〇四七一〇三
讀者服務傳真—（〇二）二三〇四六八五八
郵撥—一九三四四七二四時報文化出版公司
信箱—10899 臺北華江橋郵局第九九信箱
時報悅讀網—http://www.readingtimes.com.tw
思潮線臉書—https://www.facebook.com/trendage
法律顧問—理律法律事務所陳長文律師、李念祖律師
印刷—紘億印刷有限公司
初版一刷—二〇二一年八月六日
初版二刷—二〇二一年九月三日
定價—新台幣三八〇元
（缺頁或破損的書，請寄回更換）

時報文化出版公司成立於一九七五年，
並於一九九九年股票上櫃公開發行，於二〇〇八年脫離中時集團非屬旺中，
以「尊重智慧與創意的文化事業」為信念。

生命式／村田沙耶香著；邱香凝譯．-- 初版．-- 臺北市：
時報文化出版企業股份有限公司，2021.08
256 面；14.8×21 公分
ISBN 978-957-13-9137-3（平裝）
861.57　　110009416

ISBN 978-957-13-9137-3
Printed in Taiwan